ぴくぴくお使い狐、幸せになります

CROSS NOVELS

華藤えれな
NOVEL:Elena Katoh

サマミヤアカザ
ILLUST:Akaza Samamiya

CROSS NOVELS

CONTENTS

CROSS NOVELS

CONTENTS

ぴくぴくお使い狐、幸せになります

The Piku-piku errand fox will be happy

Presented by Elena Katoh

Illustration by Akaza Samamiya

CROSS NOVELS

一

神さま、小夏《こなつ》のお願いをきいてください。

あと少しだけ、ほんの少しだけ、あの人と一緒にいたいんです。

小夏はあの人のおそばにいられるだけで幸せです。

だからお願いです、どうかまだ桜の花を散らさないでください。最後の花が散ったら、お別れの時間がきてしまうから。

あとほんの少しの間でいいんです。この吉野《よしの》の山を花の色で染め続けてください。

小夏はここにいられることに感謝しています。あの人のお役に立てていることに喜びを感じています。

だから神さま、お願いです。あとほんのちょっとだけ、小夏に幸せをください。


「……っ」

夜風に乗り、古い鎧戸《よろいど》のすきまから桜の花びらが舞いこんでくる。花びらが一枚、ほおに流れ落ち、小夏はうっすらと目を覚ました。

もう花が散り始めたのだろうか。外が気になり、小夏は静かに半身を起こした。

「ん……」

肩を抱いて眠っていた男が軽く息を吐く。

起こしてしまっただろうか。不安になり、おそるおそる小夏は男の顔をのぞきこんだ。

さらりとした黒髪のすきまから見える形のいい瞼《まぶた》。綺麗な鼻筋、清涼感に満ちた口元には、ひとひらだけ、桜の花びらが落ちている。

そこにいるのは、北小路《きたこうじ》子爵の長男――倫仁《みちひと》さま。

小夏にとってこの世で一番大切な人。

彼の顔を見ると、胸の奥からふわっとあたたかで優しい空気が小夏の全身に広がっていく。至福のひとときだった。

大丈夫だ、起こしていない。

小夏は安堵の笑みを浮かべ、彼の口元に唇を近づけた。

(大好きです、倫仁さま。一緒に過ごしてくれてありがとうございます。あなたのぬくもりに包まれると、幸せな光に身体のなかがきらきらとするような気がします。小夏は人間になれて本当によかったです)

心で感謝の気持ちを伝えながら、彼の唇の端についている花びらをそっと唇で食《は》み、小夏はそれを手のひらに落とした。

そのまま倫仁を起こさないようにするりと布団から抜けだす。裸足《はだし》で床に下りると、木製の板敷きのひやっとした感覚が足の裏の皮膚に伝わってくる。

こういうとき、小夏は改めて自分が人間になったことを実感する。

(うれしいな、人間になれたおかげで、小夏もこんなふうに倫仁さまと同じものを感じることができ

る）

昨年の秋まで、小さな狐《きつね》だった。といっても、正しくは稲荷《いなり》の社《やしろ》の前にいる石像の狛狐《こまぎつね》だった。

倫仁のそばにいたくて、期間限定のわずかな間だけ人間になれたのだが、その日から今日まで小夏にとってはひとつひとつのことがとても新鮮に感じられた。一瞬一瞬の時間がとても愛おしくてたまらないものなのだ。

大好きな人と同じ寝台で眠れることも、こうして人間として冷たい夜の大気を感じることも、屋根のある静かで安全な場所で暮らせることも。

すべてが小夏には得がたい体験で、そんなふうに過ごせることに心から感謝の気持ちを抱いている。

（桜……どうなっているだろう）

窓辺に近づくと、小夏は音を立てないようにそっと硝子《ガラス》窓と鎧戸を開けた。すきまにくっついていた花びらがはらはらと床に舞い落ちてくる。

窓の外は、黒い墨を溶かしたような空に純白の半月がおぼろげに浮かび、闇の果てまでをもまばゆく照らすような花明かりがあたりを華やかに染めていた。

（すごい、桜の匂いに酔いそうだ）

吉野の山という山が林立する何千本という桜の古木に埋め尽くされ、視界のすべてが、霞《かすみ》がかった薄紅色に染めかえられている。夢幻の世界がそこに広がっていた。

小夏はさっきほおに落ちてきた花びらと倫仁の唇に触れていた花びらの二枚を手のひらに乗せ、窓の外に差しだした。

ふわっと宙に舞った花びらは音を立てて花を散らしていく強い風に乗り、一瞬で花吹雪のなかに同化していった。

窓の下を見れば、無数の花びらが雪のように降り積もっている。

（もうあんなに散って……。山の桜……あとどのくらい持つのだろう）

小夏は泣きそうな顔をして山の上を見あげた。

ここ、奈良大和路《ならやまとじ》の奥——吉野では、春になると、雪のように美しい桜の花が山全体を覆う。

（あ、まだ大丈夫だ、まだ奥千本の桜は開花していない）

吉野の桜は山裾《やますそ》から順番に咲き、奥に行くほど開花の時期が遅い。散ってしまう時期も同様で、下千本、中千本、上千本、そして奥千本……と一カ月くらいかけて移動する。

まだ山の頂上のほうは、桜の花芽がふくらみ始めたばかりだった。

ほっとした顔で息を吐き、小夏は祈るような眼差しで山の頂《いただき》を確認したあと、両手を胸であわせて目を閉じた。

（どうか少しでも長く咲いてくれますように）

桜の花が散ると、小夏は倫仁の前から消えなければならない。

最初から短い間の夢のようなひとときだというのはわかっていたし、いつか最後の日を迎える覚悟もできている。

ただその前に、ほんの少しでいいから人間になって、大好きな人のそばにいたいと思った。そして少しでも彼の役に立ちたかった。彼に喜んでもらえるようなことがしたかった。

その願いは叶えられた。

人間になり、思いがけず彼も小夏を受け入れてくれて。

これ以上、望んだら罰が当たるんじゃないかと思うほど幸せな時間だった。

だからもうそれ以上のことを望んではいない。

（そう……願いはたったひとつだけ。一日でも半日でもいいから、桜の花に長く咲いて欲しいと思っているだけです。どうかほんの少しでも長く花が咲き続けますように……と）

心のなかでそう祈りをささげ、小夏は目をひらいた。

うっすらとほほえみながらも、なぜか泣きそうな表情をした小夏の顔が窓に映っていた。

薄い肩、折れそうなほど細い体躯《たいく》の小柄な少年。

人間だと十七歳か十八歳くらいに見えると思う。この外見は、狐の小夏がそのまま人間になったらこんなふうになるといった姿らしい。

蜂蜜《はちみつ》を溶かしたようなくりくりとした大きな目。

色素の薄いきつね色のさらさらの髪の毛。身につけている白い襦袢《ジュバン》とそう変わらないほど、透けそうな白い肌をしている。

けれどこれは仮の姿でしかなく、小夏の本体は、この奥千本から山を越えた先にある小さな寒村にある森に、ひっそりと建った祠《ほこら》の前の石像——その狛狐である。

もともとは餓《う》えたまま儚《はかな》くなってしまった野干《やかん》の子供だったけれど、今となってはあまり記憶がない。

ただとても清らかな心を持っていたらしく、そんな小夏を憐れんだ稲荷の神さまから『神社の狛狐として私の助けをしてください』と言われ、死者をよみがえらせる死返玉《まかるかえしのたま》の小さなかけらを頂いて、石像という形でこの世にもどってきたのだ。

どのくらい前のことなのか、これもあまり記憶にない。

そしてそれからは、忙しい稲荷の神さまの代わりに石像のなかで参拝にきた人々の言葉や願い事に耳をかたむけ、それを神さまに伝えるのが小夏の仕事となった。

石のなかで、ただじっと人がやってくるのを待つ日々。

稲荷の神さま以外は語り相手もなく、友達もいなかったが、移ろいゆく自然の美しさを眺めるのは楽しかった。

それに何十年かに一度だけだったが、小夏の声が聞こえる巫女《みこ》が現れた。

彼女がなにか願いを口にしたとき、『わかりました』『稲荷の神さまにお伝えしておきます』という返事が届くだけだったが。

あとは誰にも小夏の声は聞こえない。

たくさんの村人が祠にやってきて、いろんなお供え物をして、手を合わせて、たくさんのことをお願いしていく。

なのに、石のなかにいる小夏はただそれを聞くだけで、実際には何の役にも立てない。

それがだんだん哀しくなり、そのうち辛くて辛くてしかたがないようになってきた。

なにかお役に立ちたい。そんな小夏の気持ちに気づいた稲荷の神さまは、自分のお使い狐として働いてみないかと誘ってくれた。

魂が外に飛びだすとどうしても本体の石像に負担がかかってしまうが、一日に二時間くらいだけならということで、真夜中、人が寝静まっている丑三《うしみ》つ時《どき》、小夏は生きた狐の姿になり、神さまのお使いをするようになった。

貧しい家族のところに山の食べ物を運んだり、病人のいる家に薬草を運んだり、夜道や夜の山で迷った人を安全な場所に導く送り狐をしたり。

そんな小さな幸せしか運べない役目ではあったが、困っている人々が喜び、神社に足を運んで神さまに感謝を告げている姿を見ると、とても幸せな気持ちなった。

小夏はそんな毎日が大好きだった。

魂の器――石像が壊れてしまうそのときまで、神さまのお使い狐としていっぱいいっぱい幸せを運ぶんだと弾んだ気持ちを胸にかかえて。

長い年月の間、何の補修もされていない狛狐の石像は、すでにあちこちにヒビが入っている。

天隠村《あまがくれむら》はもうすぐダムに沈むことになっている。

そのとき、小夏の身体は粉々になるはずだ。

そうなれば魂は行き場をなくすのだが、神さまのお使いとして天翔り、魂は浄化される。小夏にはわからないが、仏教的な浄土と少し似た感覚だろう。だが小夏は人間になることと引き替えに、本体の石像がこの世から消滅したとき、浄化ではなく、九尾の狐に魂をあげる約束をしていた。

窓辺に立ち、ぼんやりと外を見ていると、ふわっと部屋が明るくなった。

ふりむくと、ベッドで横たわっていた倫仁が身体を起こし、ランプに火を入れていた。

「……小夏、眠れないのか？」

低い声で倫仁が問いかけてくる。

「すみません、倫仁さま、起こしてしまいましたか？」

「いや、違うよ。それより小夏こそ、どうしたんだ、そんなところで」

「桜がとっても綺麗なので、眺めていました」

目を細めて倫仁が微笑する。

「俺もだ。桜が気になって目が覚めた。だから、おいで。こっちで一緒に眺めよう。そんなところにいると寒い、今日のような花冷えの夜は」

倫仁の優しさに満ちた言葉が鼓膜《こまく》に溶けると、それだけで心の底があたたかくなって、いてもたってもいられれような感情が身体のなかを駆け抜ける。

「ありがとうございます」

笑みを浮かべ、小夏は倫仁の隣に腰を下ろした。

「桜……好きなのか？」

「はい、見ていると、ありがとうって気持ちになります」

小夏はうなずいた。

「ありがとう？」

「咲いてくれてありがとうって思うんです。こんなにも明るく世界を照らしてくれてありがとう。こんなに美しい花を小夏に見せてくれてありがとう、明日も明後日も、もっともっとたくさん咲いてくださいって」

手を合わせ、祈るような気持ちで言う。

そんな小夏の背に倫仁が手をまわしてきた。その黒々とした艶《つや》やかな双眸《そうぼう》。見ているだけで、とてつもなく幸せな気持ちになる。

「すてきなことを言うね。だからかな、小夏といると幸せな気持ちになる」

「本当ですか?」

「ああ、だって小夏はいつも世界のすべてに感謝しているだろう。小夏ほど綺麗な心の人間を他に知らないよ」

愛しくてたまらないという顔をして、倫仁が額にくちづけしてくる。

(倫仁さま)

倫仁は、このあたりの一帯の土地をもった資産家で、貴族院をつとめている北小路子爵の御曹司である。

ふだんは東京で父親の仕事を手伝っているが、今は小夏の祠のある天隠村にダムを建設するため、地元にもどってきていた。

時代は大正初め。地方都市はまだまだ災害が多く、水の行き渡らない地域の人々はいつも飢えに見舞われている。

倫仁はそこに安定した水を供給して、人々を飢えから救おうと考えていた。

『天隠村のある場所にダムができれば、干ばつの心配がなくなるし、土砂崩れや鉄砲水のような天災もなくなるんだよ』

以前に倫仁が言った言葉を思い出す。

『じゃあ天隠村はダムに沈んじゃうのですか? 天隠神社も一緒に?』

そう問いかけると、倫仁は『ああ』とうなずいた。

『そうなってしまう。天隠神社は、この先、礎《いしずえ》としてダムを護ってくれるだろう。吉野の人々の命を護る存在に。それを実現するのが俺の夢だから』

この人の作るダムの底で、天隠神社が礎となる。ということは、その奥の祠の前に建った小夏の本体――狐の石像も一緒に沈んでいくことになる。

自分のいる村と神社がなくなるのは哀しい。

けれど小夏にもダムがどれほど必要なのかは理解できた。

少しでも多く雨が降ると、川が氾濫《はんらん》していたし、洪水で何人もの人が亡くなっているのは知っている。

神社に参拝にくる人々も、よく『どうか今年こそ川があふれませんように』と祈りを捧げていたが、小さな幸せしか運べない小夏には、大きな自然の力を動かすことはできなかった。

それに稲荷の神さまは『水は自然の恵み、命の煌《きら》めきを産むものです。嵐や川の氾濫は自然の理《ことわり》です』と口にされていた。

それでも人々は、毎年のように川の氾濫が起きないようにと祈っていく。

川があふれかえって、村人の家が流されることもあり、そんなときは、よく人柱《ひとばしら》を立て、水の神がこれ以上怒らないようにと人々は祈り続けた。

それでもそれは、誰にも叶えられない願いだった。

だからその声を聞くのは、とても哀しかった。

自分にはなにもできない。祈られても力になれない。そう思うと胸がひどく痛んだ。

(その願いを、倫仁さまが叶えるんですね)

彼はダム建設のために東京からこの地元にもどってきている。

自分は彼の作るダムに沈んでいくのだ。その幸福。

ダムの建設は、桜の花がすべて散ってから始まる。

（小夏は何て幸せ者なんだろう。大好きな人のそばで過ごしたあとに、その人が造ったダムの底で眠れるなんて）

青く澄んだ水の底に、静かに静かに、音もなく壊れかかった狐の石像が沈んでいく光景――その姿を想像しながら小夏は淡くほほえんだ。

「どうした……泣きそうな顔をして」

泣きそう？

「え……泣きそうですか？」

変だ、この人は、時々こんなことを言う。幸せな気持ちで微笑しているのに、泣きそうだ、淋しそうだ、と。どうしてだろう。

「倫仁さま、変です、小夏は笑ってますよ、なのにどうして」

くすっと笑い、小夏は不思議そうに目をひらいて倫仁の顔を見あげた。

「小夏……」

倫仁は少し眉間《みけん》をよせ、小夏の目元に触れてきた。そこは乾いたままだった。それなのに、どうして涙を掬《すく》いとるような仕草をするのだろう。

「そう感じるんだ。おまえの顔、今にも泣き出しそうな……淋しそうな顔に見えて」

「淋しそうな、泣き出しそうな顔をしてますか？」

小首をかしげて尋ねると、倫仁は困ったような顔をした。

「さあ、どうだろう。そうかもしれないし、違うかもしれない。ただそう感じただけで……駄目だな、うまく説明できないよ」

「じゃあ、どんな味ですか？」

小夏は大きな目を見ひらいて倫仁に問いかけた。

「さあ」

よくわからないといった様子で、倫仁が肩をすくめる。

「ロシアケーキを食べたときの小夏の顔は幸せそうだって、倫仁さま、おっしゃっていましたよね。だから幸せっていうのは、甘くておいしい味だと思ってました」

「ああ、そう……だったな」

倫仁が口元に淡く笑みを刻む。

「あの……淋しい感情も泣き出しそうな感情も、ロシアケーキと同じ甘さですか？」

小夏は倫仁の横顔を見つめた。

「わからない」

その返事に、小夏は瞼をぱちぱちさせた。

「どうしたんだ、小夏、変な顔をして」

「え……あの……驚いて」

「なにに？」

「倫仁さまにも知らないことがあるなんて……」

「本当にかわいいな、小夏は」

倫仁は苦笑し、くしゃくしゃと小夏の髪を撫《な》でた。

「知らないことだらけだ、きっとおまえのほうがたくさんのことを知ってる。幸せが甘くておいしいことだって、おまえに教えられたことだ。それまで俺は幸せなんてものがあることにも気づいていなかったんだから」

「じゃあ、小夏のほうが知っていることもあるんですね」

「ああ、そうだ」

倫仁は春の夜の空のような優しい笑みを浮かべ小夏の額にそっと唇を近づけてきた。

優しく音を立ててくちづけされると、ツンと胸の奥が疼《うず》く。

ロシアケーキを食べたときとは少し違った甘さ。

甘いのに、きゅっと胸の奥が絞られるような感覚がする。

これは何というものなのだろう。そう思って彼の顔を見あげると、同じように倫仁の額に唇を近づけたい衝動がこみあげてきた。

小夏は目を細め、彼の肩に手を伸ばした。

ちゅっと音を立ててくちづけすると、小夏の指先をつかみ、今度は倫仁が指先にくちづけしてきた。

彼の唇がそこに触れ、ちくり……と、さっきよりももう少し強い疼きのようなものが甘く胸を締めつけた。

「倫仁さま……もしかして、これが淋しい味ですか?　ちくちく胸が痛くなって、でも甘いんです。だけど胸が締めつけられるんです」

「胸が?」

「倫仁さまからくちづけされると、小夏の胸は小さく絞られるような痛みとふわふわした甘さを一緒に感じるんです。ロシアケーキとは違う甘さです。幸せなのに、本当の幸せがどこか別の、遠くにあるみたいな。何でそう感じるのかよくわからないけど、倫仁さまを思うと、いつもこんな感じになります」

小夏の言葉に、倫仁は何とも言えない表情をした。

「それは……淋しいという感情じゃない。切ないという気持ちだろう」

「切ない？　これが？」

よく耳にしたことがあるけれど、初めて自覚した。だとしたら、小夏はずっと倫仁を思うたび、切ないという感情を抱いていたことになる。

「そう、俺も同じだから」

「倫仁さまも……甘くて胸が痛い味を感じるんですか？」

「そうだ、おまえといると、そんな気持ちになる」

ああ、彼のこの表情は、切ないという表情なのか――と思うと、小夏はいっそう胸がちくちくする気がした。

「切ないっていうのは、じゃあ、淋しいとも泣きたいという感情とも違うんですね」

「ああ、違うよ」

「じゃあ、小夏がさがします。淋しいというのと泣き出したいという気持ちがどんな味なのか、わかったら倫仁さまに教えてあげますね」

ちょっとばかり得意げになって言うと、倫仁は眉間に深いしわを刻み、目を細めたあと、小夏の肩をすっと自分に抱き寄せた。

「いらないよ、そんな気持ちの味なんて、さがさなくていいから」

「どうして……小夏は知りたいです」

「淋しいというのは、幸せになる前のものだったり、幸せのあとだったり……いや、とにかく知らないほうが幸せなことなんだ。小夏は甘くておいしい味しか知らなくていいんだ、ずっとずっとそれだけを味わっていて欲しい」

「倫仁さま……でも」

「いいから、さがそうなんてしなくてもいいから」

「本当に？」

ああ、と倫仁がうなずき、小夏の背を強く引きよせる。

息ができなくなるほど、ぎゅっと抱きしめられるときの、このちょっとばかり苦しい拘束感が小夏はとても好きだ。

皮膚の内側、骨の奥、身体の一番中心にある心と魂ごと、倫仁が自分を抱きしめようとしてくれている気がするから。

「小夏にはずっとそのままでいて欲しいんだ。甘い味が大好き、幸せだと言っている小夏を見るのが、俺は大好きだから」

耳元で囁《ささや》かれる優しい声が鼓膜に溶けていく。

大好きだから――――という言葉は、不思議な呪文《じゅもん》のようだ。ロシアケーキよりももっともっと小夏の身体のなかが甘い優しさでいっぱいになる。

その上、こんなふうにあたたかな彼の体温に包まれていると、どうしようもないほど甘くておいしい気持ちが身体からあふれそうで困ってしまう。

「小夏も倫仁さまが大好きです」

小夏は倫仁の肩にほおをすりよせた。

ああ、何て甘くておいしい時間なんだろう。こうしていると、甘すぎて小夏の身体はどうにかなってしまそうだ。ふわふわとした優しい幸せの味。

けれど、淋しい——は、幸せになる前と幸せになったあとの気持ちらしい。それはどんな味をしているのだろう。

甘くておいしくなる前の味、甘くておいしくなったあとの味なんて見当がつかない。

(やっぱり知りたいな……小夏は淋しい味も知りたい)

なぜなら、以前に倫仁が言っていたから。

『小夏に会うまで、俺はずいぶん淋しい男だったらしい』

淋しい男だったのに、倫仁は淋しい味は知らないと言う。

一体、淋しいというのはどんなものなのだろう。知りたい。桜が散るまでに、その気持ちが知りたい。

知ったとき、倫仁がどんなふうに生きてきたか理解できる気がするから。

そんなことを考えながら、小夏は倫仁の胸にもたれかかり、ゆっくりと押し寄せてくる睡魔に身をまかせた。

さらさらと桜が舞い落ちていく音——自分たちのこの時間がもうすぐ終わろうとしていることを感じながら。

＊

いつ生まれたのか、生きているとき、果たしてどんな狐だったのか、あまりにも昔のこと過ぎて、小夏にはふつうの狐だったころの記憶が殆《ほとん》ど残っていない。

気がつけば、餓えて儚くなっていて、稲荷の神さまのお力で死返玉を口にし、狛狐の石像となっていた。それからしばらくして、真夜中だけお使い狐となった小夏は、子供の熱冷ましの薬草や、餓えている人のところに食べ物を運んだりしていた。

ただ食事といっても、小夏自体がとても小さな身体なので、野菜や果物の種や、ほんの少しの米くらいしか運べないのだが。

時々、夜道や夜の山で迷った人を安全な場所にそっと導く送り狐の役割も果たしていた。

小夏の一番得意なことは、薬草作りだった。薬の成分のある葉や花に、ふぅっと小夏が息を吹きかけるとたちまち薬効が強くなる。

身体のなかに神さまからもらった死返玉があるせいなのか、小夏には人の病気や怪我を治す力が備わっている。

じかに手を当てたり、息をかけたりすると、もっと効力を発揮できるみたいなのだ。

けれど小夏の本体に負担がかかって石が壊れてしまう可能性があるとして、稲荷の神さまから禁止されている。

だからほんの少しの薬草作りやちょっとした食料運びしかできない。

それでも小さな願いを叶えてくれるお稲荷さま、優しい恵みを運んでくれるお稲荷さま、怪我や病気を治してくれるお稲荷さまとして村の人たちに慕われていた。

そんなあるとき、東のほうから妖術を使う烽火《のろし》という名前の妖狐がやってきた。

彼は稲荷の神さまのことを嫌っていた。

けれど、時々、お使い中の小夏に出会うと、笑顔で声をかけてくれ、東京や京都といった知らない世界の話をたくさん語ってくれた。

烽火は小夏とはまったく違う、九尾の狐といわれている種に属している。

尾が九つに割れた狐で、昼間は狐の格好をしていたが、夜になると、長い黒髪の、すらっとした人間の男性になって、多くの女性たちに恋をしかけて楽しんでいた。

けれど彼が一番好きだったのは、天隠神社の本社にあたる稲荷大社の宮司《ぐうじ》の娘で、狐憑《つ》きの巫女といわれていた八重《やえ》という女性だった。

彼女が本社の宮司に従い、東京の大きな神社にいたとき、二人は恋に堕ちたのだが、烽火との関係がばれ、八重は妖狐と契った穢《けが》らわしい巫女として、この地域のどこかに閉じこめられてしまったらしい。そんなことはなにも知らなかったが、八重は狐憑きの巫女でもあったので、小夏の声が聞こえる一人として、村人たちとともに、年に何度かお詣《まい》りにきていたのをおぼえている。

小柄で、儚そうな美女だった。

その後、烽火はあちこちさがしまわり、ようやく彼女がこの村にいるとわかったとき、すでに八重は亡くなっていた。

それでも彼女の足取りをたしかめたくて、ここまでやってきたとか。

『八重は、この地域の人柱にされたんだ。かわいそうに。いろんな男の慰みものにされて』

だから烽火はこのあたりの住民たちに恨みを抱いていると言って、狐の姿のときはあちこちの田畑を荒らしていた。天隠村でもわざと村人を挑発するかのように作物を荒らし続け、泥棒狐と言われて忌み嫌われるようになっていった。

そんなある夜、村の外れの川原で薬草を摘んでいたとき、烽火と間違えられ、小夏が猟銃で撃たれてしまうことがあった。

突然の銃声。夜の闇のなか、耳が壊れるかと思うほどの轟音が反響し、はじけるように身体が宙に跳ねあがった。

「うぐ……っ！」

小さな肩を銃弾が貫通し、小夏はその場にぐったりと倒れこんでしまった。

「いたぞ、泥棒狐だ！」

人々にとりかこまれ、首根っこをつかまれて持ちあげられる。

「見ろっ、こんなに薬草を持ってやがる。盗んだんだな」

「ついに見つけたぞ、このイタズラ狐めが！」

「こいつめっ、よくも俺たちの畑を荒らしてくれたなっ！」

小夏はイタズラなんてしていない！　畑を荒らしたこともない。泥棒でもない。そう言いたい。けれど、小夏は人間の言葉は話せない。巫女ではないふつうの人間には、小夏の声は、コンコーンと鼓《つづみ》をうったときのような音にしか聞こえないのだから。

「おい、こいつ、死にかけてるぞ」

猟銃を手にした男が、小夏の身体をくいくいと銃口でつつく。

「待て、見ろ、この狐、まだ大人になってないぞ。イタズラ野郎とは別の狐じゃないのか」

「もう遅い。死にかけてる。まあ、いい、野干の一匹や二匹」

「そうだな、悪狐じゃなかったところで、どうせこいつも狐だ。大人になったら一緒に悪さしただろう。害獣が死んで、よかった」

死んだところで、どうだっていい存在。

それどころか、害獣として、その死を喜ばれている。

そのとき、ふと記憶が甦《よみがえ》ってきた。

まだ石像のなかに入る前、本当の狐として生きていたときの、遠い遠い昔の記憶。

あのときもこんなふうに人間から、忌み嫌われ、激しい暴力をうけたことがあった。

(そうだ、そうだった、小夏は人間に殺されたんだった)

なにもしていないのに、あのときも悪い狐と勘違いされ、一言の言いわけもできないまま、叩かれ、殴られ、動けなくなって……そのまま放置され、痛みと空腹のなか、餓死してしまったのだ。

そして今も。どうして小夏は嫌われるのだろう。

小夏はみんなが稲荷の神さまに「ありがとう」と幸せそうに感謝をするときの、村の人たちの顔を見るのが大好きだったのに。

「もうぐったりしているな、狐の肉は食べられないし、毛皮だけでも剝《は》ぐか。ふさふさしてずいぶん綺麗な毛並みをしているぞ。死ぬのも時間の問題だろう」

猟銃で撃たれたところが痛い。気が遠くなりかけていた。

小夏の本体は石像だが、稲荷の神さまの話だと、狐の姿になっているとき、小夏の身に起きたことはそのまま石像にも起こってしまう。

怪我をすると、石像も同じ場所に窪《くぼ》みができたり、ヒビが入ったりするのだ。

身体のなかにある死返玉の効力も、これまでたくさん薬草に力を注いできたために、今ではかなり薄れているし、もう自身の命を守るほどの効力はない。

「さっさと剝いで川に捨てよう」

小夏の身体を押さえつけ、屈強な村人が毛を皮ごと剝ごうと短刀を振りかざす。

殺される――――っ！

怖い。怖い、誰か助けて！　声が出ない。この身体から毛皮を毟《むし》りとられるなんて。そんな死に方、怖い。お願い、誰か助けて！

小夏の全身に戦慄《せんりつ》が奔《はし》ったそのときだった。

「……っ！」

ふいに森のむこうから自動車の音が聞こえてきた。川のせせらぎをかき消すような、はっきりとした車の音だった。

「あれは……まさか、北小路家の……」

ヘッドライトの明かりが見えたかと思うと、川原に車が近づいてくる。

北小路？　朦朧《もうろう》とする意識のなか、聞こえてくる名前。

知っている。その名前は、小夏の狐の石像が祀《まつ》られている天隠神社を含め、辺り一帯の土地を持った大きな子爵家のことである。

「子爵がどうしてこんなところに」

「いや、あれは子爵と違う。倫仁さまだ、若さまのほうの」

「若さまって……帝大に行かれてるんじゃ」

「母親の具合が悪くて、見舞いのために里帰りなさっていたんだよ。今夜、帝大にもどられるって村長が」

「母親って宮司の姪《めい》だろ。今は、子爵の妾《めかけ》だけど」

「本妻に子供ができなかったから、倫仁さまが正式な跡取りとなられることになって、今度、宮中の晩餐会《ばんさんかい》かなにかに出席されることが決まったって」

「まずい、狐を撃ったことがわかると叱られるぞ。倫仁さまの母親は狐憑きの巫女の従姉《いとこ》で、巫女の力もお持ちで、一家で稲荷の神さまのことを崇拝していらっしゃるんだから」

村人たちが口々に言うなか、黒塗りの大型の自動車が川原に近づいてくる。

「早く捨てろ、子狐の死骸《しがい》なんて持っていたら罰せられる。子爵家も、宮司の家も、迷信じみたことを信じている」

「そうだな、毛皮は残念だが、捨てたほうがいいだろう」

車のライトから見えないようにして、村人はさっと小夏を川に捨てる。

水しぶきが撥《は》ね、小夏の身体が流れに呑《の》みこまれそうになったそのとき、車のエンジンが止まり、ドアがひらく音がした。続いて低い男の声が夜の川原に響く。

「なにをしている。真夜中に銃声などさせて、ぶっそうな」

何とか浅瀬でたゆたっていたので、彼らの会話が小夏の耳に入ってきていた。

「すみません、作物を荒らす害獣がいたので威嚇したら当たってしまって……」

そのとき、まばゆいほど明るい月の光が川面《かわも》を照らした。小夏の姿が見えたのか、あとから現れた男が驚いたような声をあげる。

「害獣？　あれは狐じゃないか。狐を撃ったのか？」

男は川に入り、流れのなかを進んできた。そして深みに呑まれそうになっていた小夏の身体をさっと抱きあげる。

「しっかりしろ」

あたたかな吐息が瞼に触れ、小夏はうっすらと目をひらいた。目の前に、涼しげな切れ長の奥二重の双眸が見える。

すっきりとした綺麗な鼻梁《びりょう》、あごの輪郭《りんかく》。子爵家の御曹司《おんぞうし》——倫仁さま。

この人のこと、知っている。ずっと前からこの人のことを知っている。とても楽しい気持ちで、この人の姿を見ていた、確か一年に一度、天隠神社の祭礼のときに。

（そうだ、この人はいつも白い着物と黒い袴《はかま》をはいて……弓矢を手にしていて、小夏はその姿を眺めるのが大好きで……）

天隠神社で神事が行われるとき、弓の名手としてこの人は流鏑馬《やぶさめ》や奉納のときに悪鬼祓魔《あっきふつま》の矢を放っていた。

由緒正しい華族の若さまで、とても頭のいい青年だと、村人たちが口にしていた。

さらりとした漆黒の黒髪、切れ長の涼しげな双眸。玲瓏《れいろう》とした目鼻立ちは母親の血筋、そしてたくましそうな体躯は父親の血筋と、誰かが語っていたのをおぼえている。

清冽《せいれつ》で怜悧《れいり》な雰囲気の若さまだった。小夏はその若さまが弓を放つ姿を見るのが大好きだった。

ちょうど小夏の本体の石像が据えられている場所から、神事の様子を見ることができたので、彼の姿を見るのを楽しみにしていたのだ。

祭礼時に弓矢を放っていた綺麗な男の人。その人がこの男性、子爵家の倫仁さま。

「しっかりしろ、今、手当をするから」

川岸にあがると、衣服が濡れるのもかまわず、倫仁は自分の黒いマントで包んだ小夏の身体を優しく抱きかかえ直し、車へむかう。

（倫仁さま……）

小夏のことを助けてくれるんですか？

あなたは小夏を悪い狐だと思っていないのですか？

そう問いかけたかったが、小夏の言葉は彼には届かない。

「大丈夫だ、助けるから。大丈夫だから」

優しい声だった、少しずつ意識が遠ざかるのを感じながら、小夏は倫仁の腕のなかで意識を失っていた。


その翌日、小夏は隣町にある家畜病院で目を覚ました。

「よかったな、子爵家の若様のおかげで命拾いしたぞ。弾が貫通し、左肩がもう動かないかもしれないが」

医師の言葉を聞き、自分が倫仁に命を助けられたことを思いだす。

（そうだった、小夏はあの綺麗な男の人に助けられたんだった）

二時間以上も本体から離れていると石像に負担がかかる。だから一刻も早く本体の石像にもどりたかったが、身動きがとれなくてどうしようもなかった。

魂のない石像は、根っこのない木のようなもので、すぐに劣化してしまう。ましてや、怪我をしたので、石像にも疵《きず》ができているはずだ。

倫仁は帝国大学にもどってしまったため、病院へくることはなかったが、医師たちの話から彼がどんな人物なのかはわかった。

倫仁の母親は、かつて吉野で朝廷をひらいていた後醍醐《ごだいご》天皇に仕えていた女官の子孫で、天隠神社の本宮——稲荷大社を守護してきている家系の巫女でもあった。烽火の恋人だった女性の従姉にあたるらしい。彼の母親は玲瓏とした美女として名高く、このあたり一帯の土地をもっている北小路子爵に見初められ、妾の一人となった。子爵と正妻との間には子供ができなかったため、妾腹《しょうふく》の息子の倫仁が正式な後継者となったのだ。

倫仁は、昔は吉野の山里にある子爵の別邸で暮らしていたが、第一高等学校に入るため、十五歳で村を離れ、東京にある帝国大学に入学したとか。

その後、なにかしらの用事で里帰りしていたが、大学の卒業式に出るため、再び東京にむかおうとしていた途中、銃声を聞きつけ、小夏を助けてくれたのだ。

「倫仁さまに感謝して、もう悪さをするんじゃないぞ。今度、村人に見つかったら、殺されてしまうからな」

獣医師の言葉に、きちんと反論できないことが哀しかった。

小夏、悪さなんてしてない、小夏じゃないよ。

「コンコン……コン」

小夏が声を出そうとすると、獣医師はくすりと笑い、額をくしゃくしゃと撫でてくれた。

「それにしてもおまえは本当に幸運だ。助けてくれたのが倫仁さまでなかったら、確実に死んでいただろう。倫仁さまは、稲荷の神に仕える巫女の息子だ。狐を神の使いとして、大切に思っていらっしゃる。だからおまえのような野干を必死になって助けようとされた」

それは小夏も実感してた。

「今の季節、まだ桜も咲いていなくて夜は冷えるのに、おまえを助けようと川に入られたんだってな。だからびっしょりと濡れていらした。それなのにおまえをあたためようとマントでくるんだりして。これは帝大の卒業式にと、そろえられた制服の一部のはずだぞ」

獣医師はそう言って、小夏の身体にマントのようなものをそっとかけた。

（卒業式の制服……？）

倫仁が小夏を冷やすまいとして、くるんでくれたマント。身体にかけられると、清々《すがすが》しい伽羅《きゃら》の香りがしてくる。

（倫仁さま……彼が小さなころから、一年に一度、いつも天隠神社で見かけていた。何て素敵なんだろうと思っていた。小夏を助けてくれたひとは……あの弓の名手の若さまだった……）

その話をすると、お稲荷さまも彼のことを誉《ほ》めていた。

『彼はこの世の穢れを祓《はら》ってくれる犯しがたい神聖さに満ちています。彼があのままの魂で成長してくれることを願ってやみません。この村のご神域を護れるのは彼だけですよ』

お稲荷さまの言葉の意味。

この天隠村は、明治維新の前――江戸時代までは村全体がご神域とされていた。その影響もあり、きわめて閉鎖的で、古都といえど近郊の天川村《てんかわむら》や十津川村《とつかわむら》などのように、日本全国に幅広くは知られていない場所である。尤《もっと》も、それでも有名な熊野古道《くまのこどう》の宿場町でもあるため、熊野詣《もう》でにむかう人々が利用することで人の出入りはそこそこ多かった。

(……倫仁さま、いつかもどってくることがあるだろうか)

怪我が回復したのはそれからしばらくしてからのことだった。

野に放たれるとき、小夏は帝国大学のバッジだけ口に銜《くわ》えていた。

彼のマントを持っていくのは無理だが、小さなバッジだけ、宝物として。

二

小夏はまたあのときの夢を見ていた。

夜の森に響きわたる銃声。強い肩の痛み。

銃で撃たれたときの、突然の衝撃に身体が宙に飛ばされる夢。

『大丈夫、もう大丈夫だから』

倫仁の優しい声。その声が鼓膜の奥に響くと、なぜだろう、胸の底に流れない涙が溜まっていくような淋しさを感じる。

「倫仁さま……倫仁さま……もう一度……もう一度会いたいです」

小夏はうっすらと目を覚まし、敷物の上で身体を起こした。あたりはまだ暗く、しとしとと雨の降る音が岩屋の窓のむこうから聞こえてくる。

（またあの夢……か）

まだ人間になる前、お稲荷さまのお使い狐として働いていたとき、作物を荒らし、薬草を盗んでいると勘違いされ、銃で撃たれ、川に捨てられたときの夢を見ていた。

森の奥に大きな屋敷のある子爵家の一人息子——倫仁に助けられ、一命をとりとめたのだ。

あれから三年が経《た》とうとしていた。

（このバッジ……あのときの小夏の宝物……）

小夏は手のひらを広げ、帝国大学の小さなバッジを見つめた。

今、小夏はもう狐ではない。人間の身体になっていた。


三年前、病院を出て、野に放たれたあと、天隠神社の祠にもどった小夏は、本体の石像に小さな亀裂が入っていることに気づいた。銃で撃たれた傷が影響したのだろう。

それでも最初は目立たないヒビだったが、夏がきて、秋がきて、冬がきて……二度の冬と三度の夏が過ぎたころ、石像全体にはっきりと目に見える亀裂が奔っていた。

ここ最近、目に余る水害が増え、天隠村にはダム建設の話が持ちあがり、少しずつ人口が減少している。最近では小夏のいる祠までやってくる人もめっきり減ってしまったこともあり、石像のヒビに気づき、修復しようという人間もいない。

『この亀裂……もう小夏の寿命の終わりがきたってことですか？』

小夏は稲荷の神さまに問いかけた。

白銀の髪、琥珀《こはくいろ》色の双眸。美しい人間の姿をしたお稲荷の神さまは、小夏に優しくほほえみかけ、おっしゃった。

『そうですね、そう長くは持たないでしょうね』

『……小夏は……すぐに死んでしまいますか？』

『よくもって三年、いえ、一年……といったところでしょうか。ここまでよくがんばってきましたね。小夏はもうお使い狐として働かなくてもいいですよ。自分の残りの時間を楽しく過ごしなさい。この世に未練がないように後悔のないように』

『後悔のないようにってどういうものですか』

『もっとこういうことがしたかった、ああいうこともしたかったのにという状態です。そんなことがないよう、石像が壊れるその瞬間まで、ふつうの狐としての人生を楽しく、精一杯、生きてみなさい』

そう言って、稲荷の神さまは小夏がふつうの狐として生きていけるよう、石像から解き放ってくれた。もちろん魂の本体である死返玉は石像のなかにあるのだが、もどらなくても大丈夫なように。

本体への負担はあるものの、今さら命の時間がそう大きく変わるものではないとして。

『元気で。おまえらしく生きるのですよ』

『稲荷の神さま……どうしてそんなことを。それでは永遠の別れのようじゃないですか』

『私は京都に移り、しばらくはこちらにもどってこないことになるでしょうから』

『どうしてですか』

『もともと私が神として祀られているのは、京都の神社でした。おまえがお使い狐として働いてくれるので、こちらにも顔を出していましたが、あちらにいるお使い狐たちの言葉にも耳をかたむけなければなりません』

『じゃあ、お使い狐のいなくなった村はどうなるんですか』

『そうですね。村人たちのなかに、石像を修復し、神に畏敬《いけい》の念を抱く者が現れれば、また変化するかもしれませんが……村にダム建設の話が持ちあがっています。なので、ここがもう一度栄えることはないでしょう』

そう言って、天隠神社から稲荷の神さまはいなくなってしまわれた。

もう寿命。あと一年。

石像には耐久年数があるので、いつかそんな日がくることはわかっていたし、以前はそれまで一生懸命働ければそれでいいと思っていた。

けれど倫仁のことを思い出すと、胸の奥が痛くなった。

もう一度会いたい、もう一度会いたい。せめて一目だけでも。

いや、会えなくてもいい。なにか恩返しがしたい。

(倫仁さまの病気のお母さん、あのときからまだずっと吉野のお屋敷で療養しているという話を聞いている。薬草を届けることができたら。ううん、薬草よりも、直接、小夏が触れたほうがいい。そうすると病気が良くなるから。それだけでもできれば)

倫仁に会えなくてもいい。母親の病気を治すお手伝いができれば……。

けれど狐のままの姿だと、彼の屋敷のなかに入ることはできない。またイタズラ狐と間違えられ、殺されてしまっては元も子もない。

どうしたらいいのだろう、天隠神社の鳥居の前で、ああでもない、こうでもないと考えあぐねていると、突然、暗闇のなかから、人間の格好をした烽火が現れた。稲荷の神さまと小夏との会話を聞いていたらしい。

『小夏……おまえさんもついに寿命が尽きるってきいたけど』

『はい、あと一年くらいの命だって』

『悪かったな。俺と間違えられ、銃で撃たれたせいだろ。その怪我が原因で、石にヒビが入ってしまったそうじゃないか』

申しわけなさそうに言って、ポケットから無花果《いちじく》の実を取りだすと、烽火は小夏の前に差しだした。

『でもおかげで、小夏は倫仁さまに助けてもらえたから』

『倫仁？　ああ、子爵家の若さまか。あいつがどうしたんだ？』

『撃たれて死にかけていた小夏を、倫仁さまが川から助けてくれたんです。そしてお医者さんにあずけて治療代も払ってくれて……だから小夏は、倫仁さまに恩返しがしたいんです』

『律儀なやつだな。いいのに、恩返しなんて。倫仁ってやつは、稲荷の神さまを崇敬してるから、信仰心でおまえを助けただけだ。別におまえが特別ってわけでもないんだし、そこまで恩を感じなくてもいいって』

『でも小夏には倫仁さまは特別なんです。倫仁さまにとっては何でもない存在でも、小夏には特別だから、何でもいいからお役に立ちたいんです。ああ、せめて小夏が烽火さんみたいに人間に化けることができれば……』

小夏の言葉に、烽火は口の端を歪《ゆが》ませて嗤《わら》った。

『じゃあつまりなにか。人間に化けられたら、あいつのところに行って、大好きです、小夏を抱いてくださいとでも言うってのか？』

『抱いて？　いえ、それなら小夏は狐のときに抱っこしてもらっています』

小夏は少しばかり自慢げに言った。そんな小夏の小さな頭を、烽火はあきれたように拳《こぶし》でゴンと叩いた。

『バカ野郎、抱いてもらうってのは、あいつと交尾をすることだ』

『へぇっ、交尾を？　でも小夏も倫仁さまもオスですよ』

『そうだったな、狐の世界でのそれは子孫繁栄のための交尾でしかないが、人間は、子作りのためだけじゃなく、愛を伝えあうとき、交尾と同じことをするんだ。だから牡《おす》と牝《めす》の区別がなくても大丈夫、同性同士でも人間ってのは、交尾できるんだ』

『すごい、人間て素敵な生き物ですね。あ、でも小夏はそんなことまで望んでいないです。倫仁さまに愛してもらうなんて考えてません。ただ小夏の身体のなかにある死返玉のかけらを使って彼のお母さんの病気を治して、彼に喜んでもらいたいだけなんです』

小夏が笑顔で言うと、烽火は目を眇《すが》めた。

『倫仁の母親っていうと、八重の従姉にあたる女性だろ。結核《けっかく》がかなり進行してるって話だが……そんな大きな病気に死返玉を使って治したりしたら、おまえさんの寿命が減ってしまう可能性があるぞ』

『いいです』

『いいって……』

『だって小夏の寿命はもうあと少ししかないんですよ。その間に、後悔しないよう、やりたいことをしなさいと稲荷の神さまがおっしゃいました。小夏のやりたいことは、倫仁さまへの恩返しだけです。だからそれができたら、満足なんです』

『なるほどね。やりたいことはそれだけ……か』

一瞬、烽火は暗い表情で視線を落とした。しかしすぐにふっと口元に笑みを刻み、小夏の頭をくしゃりと撫でた。

『なあ、小夏、怪我をさせてしまったお詫《わ》びに、どうだ、おまえさんに人間になる呪術をかけてやろうか。そんなに倫仁が好きなら、少しの間、人として暮らしてみろ』

『そんなこと……できるの？』

烽火の言葉に、小夏は耳を疑った。

『ああ、俺だって本体は狐だが、こうして人の姿になることができてるんだ』

『本当に本当に？』

尻尾をぴくっと跳ねあがらせ、小夏は烽火を見あげていた。

『ああ、ただし丑三つ時……夜中の二時から四時までは無理かもしれない。俺の術は通じねえ。これまでおまえさんがお使い狐として働いていた時間帯だけは、お稲荷さまの術がかかっているので、もしかすると身体が狐にもどってしまう可能性がある。だが、それ以外の時間帯は、人間の姿になれる』

『夢みたい、小夏が人間になれるなんて』

小夏は目を輝かせた。

信じられない。本当にそんなことができるのだろうか。

『そうだ。だがな、いきなり女性とか、目の覚めるような美人とか、特別かわいくとかにするのは無理だぞ。狐のおまえさんが人間だったら、こんなふうになっていた……という感じの姿にしかできねえけど、それでもいいか？』

『いいです、どんな姿でも。小夏は、倫仁さまのお母さんの看病がしたいだけだから。短い間でも人間になれるなんて、小夏、とってもうれしいです』

小夏は喜びのあまり大きく尻尾を振った。

『まあまあ、そう簡単に喜ぶな。おまえは死返玉をもっているんだから、もっとすごいことだって可能なんだから』

『もっと？』

『そう、倫仁と愛しあうんだ。そうすれば本物の人間になれる』

『え……』

『聞いた話だと、倫仁のやつ、母親の見舞いと地元でのダム建設の仕事のために、もうじき吉野の屋敷にもどってくるらしい』

『え……帝大卒業後、お父さんの秘書になっているんじゃ』

『父親の命令で天隠村にダムを建設するとか……だからしばらくは吉野にいるらしい』

倫仁が吉野にもどってくる。小夏は胸をはずませた。

『あいつがもどってきたときに会いに行って、そのまま愛しあえばいい』

『でも……どうやって』

『おまえさんの努力次第だ。倫仁が自分の命に替えてもいいほど小夏を愛しく思って、愛の行為を営んでくれれば、おまえさんの身体にある死返玉が最後の力を発揮してくれる。そのあと、おまえさんは人間として生きていくことができるんだ。人間としての寿命を手に入れ、ふつうに老いて、ふつうに死んでいく』

そんなことが本当にできるだろうか。

『それ、本当のことですか?』

『ああ……一応、条件がひとつ、あるんだけどな』

『どんな条件?』

『倫仁がおまえさんの正体を知った上で、誰よりも愛しく思って、愛の行為を営んでくれないと駄目なんだ。昔、狐だったやつを本気で愛してくれるかわからないが、俺が恋した八重は、狐だと知っても心から愛してくれた。おまえさんにだって可能性がないわけじゃない』

だから、烽火は、今、人間の姿になっているのだろうか。

『でも、小夏はそこまで望んでいません。倫仁さまから愛してもらおうなんて』

『まあ、挑戦してみろよ。おまえさんの時間には限りがあるんだから、最期に思う存分、自分の人生を輝かせてこいよ』

『限りがあるっていうのは……石像が壊れるまでってことですよね?』

『そうだ、石像が壊れるまでの間だ。その間に倫仁がおまえを愛しく思わないと、おまえさんの魂は、死返玉ごと妖術をかけた者――つまり俺のものになってしまう』

『この魂と死返玉が烽火さんのものになったら、小夏はどうなるの?』

『世界から消える。生まれ変わることもなく、別のものになることもなく、極楽浄土《ごくらくじょうど》にも行かず、地獄にも行かず、成仏できないまま穢土《えど》を彷徨《さまよ》うこともなく……ただ塵《ちり》のように消える。存在ごと消滅してしまうんだ』

この世から塵のように消滅する……。

『どうする、選ぶのは小夏だぞ』

問いかけられ、小夏は笑顔で即答していた。

『わかりました、小夏、人間になります』

『おい、いいのか、即答して』

『はい』

小夏は大きくうなずいた。

『ずいぶん潔いやつだな。好きだぜ、おまえさんのそういうとこ』

『あ、でも人間になっても、どうやって倫仁さまに会えばいいのか見当がつきません。いきなり華族の若さまに会うことなんてできないですよね？』

『ひとつだけ方法がある。俺の恋人だった女……狐憑きの巫女――八重という女の子供になるんだ。八重は倫仁の母親の従妹《いとこ》だ、親族として堂々と会うことができる』

『八重さん、子供がいたのですか？』

『ああ、十八年前、八重は父親のわからない男の子を産んだってことになっている。八重のやつ、子供が産めない身体なのに、どうしてそんなことになったのかわからないが、あいつ、心を壊してしまったらしいから、訳がわからないままどこかから赤ん坊でも拾ってきて、自分の子として育てようとしたんだろう。戸籍上は実《みのる》って名前で登録されていた』

『……それで、実くんは今どこに』

『多分死んでる。幼いとき、荒れた濁流に呑まれ、行方がわからないって話だが』

『え……』

『生きていると思いたかったのか、八重と宮司が死亡届を出さなかったから、まだ生きていて、行方不明ってことになっている。だからおまえがその子になりすませばいい』

『できません、そんなこと。烽火さんの大切な人の子供の振りをするなんて』

眸《ひとみ》から涙が出てくる。そんな小夏の頭を、烽火はまたくしゃくしゃと撫でた。

『いいんだよ、俺の分もおまえには幸せになって欲しいんだ。おまえ、何となく八重と似ていて、放っておけないんだ』

『だけど』

『八重も宮司ももういない。おまえが八重の子だと名乗ったところで誰にもわからねえよ。八重の忘れ形見になれば、自然と倫仁に近づくことができる。がんばりな、小夏。俺がうまく協力してやるから』

そして小夏は烽火に人間の身体にしてもらった。


（人間になって……もうそろそろ一カ月か）

その後、小夏は狐憑きの巫女——八重が育てていた子供として、天隠神社にある社務所で暮らすようになった。いつのまにか村人の有力者——大友《おおとも》という村役場の幹部になりすましていた烽火の助力あってのことだった。

『八重の忘れ形見が見つかった。今は小夏と名乗っている。彼にも八重同様に狐憑きの力があるが、川に流されたあと、行者に連れられ、ずっと山のなかを彷徨っていたらしく、世間のことがよくわかっていない。なので小夏のことは子爵家の倫仁さまにお任せしようと思う。八重の忘れ形見ということは、倫仁さまにとっても又従兄弟《またいとこ》にあたるわけだから』

そんな進言もあり、倫仁が吉野にもどってくるまで、村人の世話になりながら社務所で暮らすことになった。巫女の子らしく、八重がしていたような格好をして。

（いいのかな、八重さんの子供だなんてウソをついて）

小夏は不安な気持ちのまま、村人が交代で届けてくれる食事を口にして過ごしていた。すでに親族にも八重の忘れ形見が見つかったという連絡が届いているらしい。

『今日、倫仁さまが東京を出られたという連絡がありました。二、三日後に吉野にもどってこられるようです』

昨夜、夕飯を届けにきてくれた村長夫人がそんなことを言っていた。

（二、三日後ということは、明日か、明後日か。いよいよ倫仁さまに再会できる）

そのときのことを想像しただけで、心臓がはじけそうなほど大きく鼓動が脈打つ。そのとき、ふと窓の外から入りこんできた雨の匂いに、小夏ははっと顔をあげた。

雨が降りそうな、濃密な空気の湿度を感じる。

紙垂の貼られた小さな社務所。村長の関係者以外は、今、ここに入れないことになっている。小夏もここから出ないようにと言われている。

というのも、かつての狐憑きの巫女の忘れ形見という触れこみになっているため、その霊力を期待し、小夏になにかしようとする者が現れないともかぎらないからだ。

八重の血筋には、代々そうした霊力のある者が生まれるらしく、北小路子爵が倫仁の母親を愛人にしたのも、その霊力の恩恵にあずかろうとしたかららしい。

（ということは、倫仁さまにも霊力があるのだろうか、どうなのだろう）

そんなことを考えながら、小夏はどこからともなく吹いてくる風が、あざやかな錦色《にしき》に染まっている吉野の山の紅葉を勢いよく散らしている様子を見つめた。

こういう夜のあと、必ず嵐がやってくる。しかもかなりの大雨になりそうな気配がした。

（明日か明後日にこちらにもどってくるという話だけど……このあたりは大雨が降ったら川はすぐ増水するし、倫仁さま、無事にもどってこられるだろうか）

獣たちも、みんな、身を潜めているようだ。ふだんはぼんやりと聞こえてくる鹿の声もまったく聞こえてこない。ただ雨のにおいを孕《はら》んだ冷たい烈風が吹きぬけていくだけだった。

背を伸ばして社務所の窓から外を見わたすと、ちょうど境内を挟んだ斜めむかいに天隠神社の本殿が建っている。

昔は、この境内で流鏑馬や弓道を扱った神事が行われていた。

そしてその裏手の山を少しのぼったところに、小夏のいた祠がある。

一方、社殿から鳥居に囲まれた石段をおりていくと、一番大きな鳥居があり、そこから先に天隠村の集落が広がっている。

村民全員が顔見知りというくらいの小さな山間の村だが、このあたりにダムを建設するという計画が持ちあがって以来、賛成派と反対派に分かれて、村全体が殺伐《さつばつ》とした空気に包まれるようになっているようだ。

小夏のところに食事を運んでくるのは、村長夫人か、その親族だが、神社に参拝する余裕はないらしく、このところ、境内は荒れ放題となっていた。

八重が亡くなり、宮司を兼ねていた彼女の父親が亡くなってからの神社は宮司が不在のままだ。

紅葉や銀杏《いちょう》の葉を掃除する人もなく、まともな神事も行われなくなった神社は少しずつ寂れ、日ごとに雑草に覆われるようになっている。

『村の人たちは、ここ最近、ダムの建設をめぐって利権や損得ばかり主張するようになり、以前のようなおだやかな村ではなくなりました。残念ですね、かつては自然への畏敬の念や、神への祈りに満ちた村だったのに、今では自然や神に感謝する気持ちを失ってしまって』

まだお使い狐として働いていたころ、稲荷の神さまがふと口にされていたことを思いだす。

そうだとしたら、とても哀しい話だと思った。

もう天隠村人々の心から、自然への畏敬の念や、神に祈りを捧げる気持ちは消えてしまったのだろうか。だが実際、このごろの神社の荒れた様子を見ていると、稲荷の神さまが残念だとおっしゃっていた意味が小夏にも理解できる。

（残念だな……たくさんいいことがあるのに）

お日さまに感謝すると、天照大神《あまてらすおおみかみ》がたくさん陽の光を注いでくれる。

水に感謝すれば、龍神《りゅうじん》が水の恵みを与えてくれる。

牛頭天王《ごずてんのう》に祈れば、疫病の難から逃れられる。

この世には優しくてすばらしい神さまがたくさんいるのに、どうして人々はありがとうという気持ちを失ってきているのだろう。

紙垂がひらひらとする窓からそうやって外を眺めているると、祠のなかにいるのと同じような感覚を抱き、退屈することはない。

さらさらと舞い落ちてくる楓《かえで》や蔦《つた》といった朱色の落ち葉が、鎮守《ちんじゅ》の杜《もり》の社務所にも吹きこんでくる。

「倫仁さま……小夏のこと……どう思うだろう」

彼のことを考えるたび、三年前、猟銃で撃たれた箇所が痛む。

小夏は衿《えり》のあわせを開け、痛みがするあたりを確かめた。しかし嵐の前のせいか、朝なのにまだあたりは薄暗いままで、肉眼によって傷口を確かめることはできない。

窓から入りこむうっすらとした外の光では、見ることができない。

かといってそのためだけに明かりをつけ、わずかしかない行灯《あんどん》の油を減らしてしまうのももったいない気がした。

着物の衿をただし、小夏は布の上からしくしくと痛む皮膚をさすった。

（これ、銃で撃たれた傷なのに、烽火さんがこの傷が狐憑きの証拠だと言ったら、村の人たちも信じてしまった。小夏がいろんな人間の社会のことを知らないのも、何でもかんでも狐憑きのせいということになっているみたいだし）

倫仁は、小夏が本物の狐憑きかどうか確認するつもりらしい。

古来より、狐憑きの巫女には不思議な霊力があり、その力で、南朝の宮廷を支えていたという噂がある。そしてその後もこのあたりの地主や有力者を護ってきたという話だが。

（本物の狐憑きか）

倫仁は小夏が八重の子供じゃないとわかったら、どう思うだろう。

小夏は、社務所の隅に置かれた小さな円形の鏡の前に座った。

昔は小夏が護っていた祠のなかにあったご神体だが、祠自体も壊れかかっているのでこちらに運んでもらった。小夏は村長夫人から届けられた食事をまずはそこにお供えしたあと、しばらくしてから食事を頂くようにしている。

外のわずかな明るさをたよりに鏡を覗《のぞ》きこむと、人間となった小夏の姿が映る。

本当に自分が人間になっているのか、どんな顔をしているのか、また狐にもどっているのではないか、そんなことを考えながら、小夏はしょっちゅう鏡を見ている。

暗がりのなか、ほっそりとした小柄な男の子の顔がそこに映っていた。

くっきりと琥珀色の大きな双眸、すっと伸びた鼻筋、色白のひな人形のような顔の形。なめらか過ぎて指先からすぐに流れ落ちてしまう髪の毛は、狐の毛と同じような色をしている。

服装は、巫女の子らしく白い着物に朱色の袴を着るようにと言われ、退屈しないようにと、烽火が祝詞《のりと》の載った本や万葉集《まんようしゅう》、役行者《えんのぎょうじゃ》や弘法大師《こうぼうだいし》のことが書かれた草紙《そうし》をここに置いていってくれた。

（だんだん字も読めるようになってきたけど……小夏に、なにか特別な霊力があるわけじゃない。あるとしたら）

小夏は鏡のなかに映った自分の胸のあたりにそっと手を添えた。

この身体の奥にある死返玉。もうあまり力がないので、使わないようにと言われているけれど、これがあると、薬草の効力を増幅させるだけでなく、人の怪我や病気を治せる。

この力の話をして、小夏は倫仁の母親の看病を申し出ようと思っていた。

（この玉の力があれば……倫仁さまは、巫女の子供の代わりに、小夏をおそばにおいてくれるかな。

烽火さんが言ってたみたいに、彼と愛しあえなくても、小夏は少しでもお役に立てるなら、それで十分に幸せなんだけど）

どうか神さま、倫仁さまも小夏の力を必要としてくれますように。

目を瞑《つぶ》って祈り、手を合わせていると、ふっと社務所に近づいてくる足音があった。

村長夫人が食事を運んできてくれた音だと思ったが、枯葉を踏みしめる足音がいつもと違う。なにか荒々しい。はっとして窓の外を見ると、見たことのない男性がそこに立っていた。

「小夏さん、朝餉《あさげ》です。村長夫人の代理できました」

木製の扉のむこうから、低い男の声がする。

「ありがとうございます」

朝餉をとろうと窓を開けると、音を立てて雨が降り始めていた。

さっきよりは明るくなっていたので、うっすらと濡れた鳥居のはるかむこうに、靄《もや》のかかった山々が見えた。

遠くに見えるのは、大峯《おおみね》の山々。行者還岳《ぎょうじゃがえりだけ》を始め、小普賢岳《しょうふげんだけ》、釈迦ヶ岳《しゃかがだけ》、大普賢岳《だいふげんだけ》、弥山《みせん》、仏生ヶ岳《ぶつしょうがだけ》……といった霊験あらたかな名前の山が延々と連なっていた。

社務所のまわりには、注連縄《しめなわ》をまとった幾つもの古木がそびえたち、風が吹くたび、ゆらゆらと白い注連縄が揺れる。このあたりには山岳信仰があるので、古木は御神体のように扱われる。小夏のいた祠の脇にも何本かそうした木々が立ち並び、その奥を進んでいくと切り立った崖《がけ》があり、そこには古くから吊り橋《つりばし》がかかっていた。

そこまでいくと天隠村へと流れこんでいく天隠川を見ることができた。

水をふんだんに湛《たた》えた荒々しい流れの川。

その川が何度もあふれ、最近は下流にある町で土砂崩れも起きているので、この村にダムを造ろうという計画が持ちあがっているのだ。

天から幾重にも綺麗な帳《とばり》が降りてくるような、そんな細い雨に水色の川が淡く煙り、少しずつ少しずつ季節が寒い冬に近づいているのが伝わってくる。

朝食の梅干しの握り飯をひとつと卵焼きの入った盆を受けると、小夏は鏡の前に備え、両手を合わせた。

(この雨によって川があふれませんように。村人たちの暮らしが安全に護られますように。少しでもみんなが安全に暮らせますように)

狛狐だったときは、川の氾濫も自然の恵みのひとつと考えていた。

けれど人間になったせいだろうか、いつしか小夏は人の暮らしを護りたいという祈り方をするようになっていた。

そんな小夏を急《せ》かすように戸口のむこうから男が声をかけてきた。

「小夏さん、朝餉はまだすんでいませんか。食事を終えたら、そこから出てきて欲しいのですが」

話し方はていねいだが、冷たい声音に感じられ、なぜか背筋がぞっとする。

小夏を猟銃で撃った人たちと同じような、敵意のある声に似ているように感じるのは気のせいだろうか。

「ここから出てはいけないって、村長に言われているんですが」

「大丈夫ですよ、村長の代理であなたを迎えにきたんですから」

「迎えって……では子爵さまのところに行くのですか？」

小夏は小声で尋ねた。

どうしたのだろう、本能的な恐怖を感じる。寒くもないのに、身体の奥のほうが冷たくなり、ひざや唇がぶるぶると震える。

「出てきてくれないなら、こちらから戸を開けますよ」

男は板戸に手をかけ、ガタガタと音を立ててそこをひらいた。勢いよく雨まじりの烈風が入りこみ、激しい音を立てて濡れた落ち葉が舞いこんでくる。

「……っ」

怖い。人間と個人的な接触をしたことはなかったが、石像のなかにいるとき、そこに訪れる人々の表情を見てきた。祈るときの声も知っている。神さまにお願いするときの人々は、この世で最も美しい表情や声をしていた。哀しい顔をしてているときも、苦しい声をしているときもあるけれど、神を信じて求めている心の美しさに、小夏の身体も綺麗になるような気がしたのだ。

だから小夏は、彼らの喜ぶ顔が見たくて、お使い狐として働いてきた。

けれど今、ここにいる男は彼らとまったく違う顔をしている。美しさも清らかさもない。むしろ触れると穢れてしまいそうな不快な恐怖を感じた。

「小夏さん、さあ、外に出てください。村はずれに、お迎えがきているんです」

きっちりとした着物と袴を身につけた三十くらいの大柄な男性で、戸口に立っただけで威圧感をおぼえてしまう。

「迎えって……倫仁さまではないなら、小夏はここを出て行くわけにはいきません」

あとずさり、小夏は震える声で尋ねた。

「安心してください、もっとご立派な方です。由緒正しい華族の旦那さまです。狐憑きの巫女の忘れ形見がいるなら、ぜひその霊力をさずかりたいと大金を用意してこられて」

笑みをむけられているのに、笑顔に感じられない。

「あの……小夏には巫女と同じ霊力がありません」

「八重の子供なら霊力があるはずでしょう。あなたには母親同様に、政界の占い師となっていただかないと。ですから早くこちらへ。悪いようにはいたしませんから」

占い？　八重さんはそんなことをしていたのか？

「いやです、小夏は倫仁さまを待ちます」

「大丈夫ですよ、倫仁さまよりずっと金持ちの、身分の高い華族さまですよ。あなたの霊力で、総理大臣にしてあげてください」

「いやです、そーり……なんて知りません、小夏はそんな人には会いたくないです。出ていってください」

きっぱり言い切ると、男はそれまでの慇懃《いんぎん》だった態度を一変させ、荒々しい言葉づかいになり、社務所に入りこんできた。

「バカを言うな。おまえに選択の余地はないっ。この狐憑き野郎がっ！」

男は小夏の腕をつかみあげようとした。

「いやですっ、離してっ！」

反射的に小夏は、男のすねを蹴飛《けと》ばした。思った以上に強く当たったらしく、男は「うわっ！」と声をあげてその場に倒れこんだ。

「おまえ、よくも……」

今のうちだ。

小夏は外に出て、戸を閉めてとっさにそこにあった閂《かんぬき》をかけた。

「くそっ、開けるんだっ、ここを開けろ！」

ドンドンと男が扉を叩く。

（いやだ、いやだ、怖い）

早く逃げなければ。

社務所の戸は古い木製なのですぐに壊してしまうだろう。小夏は背をむけ、注連縄の外に出て境内を突っ切るように走った。

運良く、雨が治まっている。今のうちに逃げられるかぎり逃げよう、すぐに嵐がくるだろう。どしゃ降りになる前にどこか安全な場所に行かなければ。

小夏は、林立する銀杏と鳥居に囲まれた長い石段を下りていった。

最後にある一番大きな朱塗りの鳥居をくぐりぬけ、村と反対方向にむかうと、うっそうとした木々の谷間が広がっている。

そのなかは、人間よりも狐だった小夏のほうが詳しいはずだ。

幾つもの切り立った断崖や、太古の動物の化石が埋もれている鍾乳洞《しょうにゅうどう》、大量の水が落ちる滝と恐ろしいほど深い淵、女人禁制のけわしい修験道《しゅげんどう》、明治時代に山が崩れて一気に川の堰《せ》き止められた貯水池。そんなところに踏みこんでいく人間はいない。倫仁が天隠村にもどってくるまで、そこに隠れて静かに過ごそう。

そんなことを考えながら、小夏はさらに石の階段を下りていく。

「待て、待つんだ！」

後ろから男の声が聞こえてくる。戸をやぶってしまったようだ。

「いやですっ！」

逃げなければ。早く、ここから逃げないと。

小夏は神社の外に出たあと、村とは真逆の、真っ赤な楓に囲まれた森にむかった。

はらはらと舞い落ちてくる真紅の紅葉。そのなかを必死に走っていく。

どこに逃げればいいのだろう。この先の鍾乳洞か、それとも滝の上流にある人の来ない草むらか。

とにかく逃げなければ。

「う……っ」

焦りすぎたのか、人間の走り方にまだ慣れていないせいか、濡れた枯葉に足をとられ、小夏はその場に胸から倒れてしまった。

後ろをふりむくと、さっきの大柄な男の姿はない。

だがその代わりに車のライトのようなものが見えた。

（まさか、さっきの人が言っていた華族の旦那さまがあの車に？）

車は怖い。どんなに速く走っても、一瞬で追いつかれる。狐のときでもそうだったのだから、人間ならなおさらだ。

人がやってこない奥地にたどりつく前に捕まえられてしまう。

「急がないと……怖い……ああ、誰か助けて」

紅葉のなか、地面に手をついて起きあがろうとしたそのときだった。今度は前のほうから馬の嘶《いなな》きが楓の木々の間にこだました。

耳を澄ませると、枯葉を踏みしめながら闊歩《かっぽ》する馬の足音が聞こえてくる。

「あれは……」

雨に煙る秋の森のむこうから近づいてくる黒っぽい影が見えた。濛々《もうもう》と立ちこめる靄のむこうに、うっすらと見える黒い男性と黒い馬の影。

（まさか……）

薄暗い朝方の靄に包まれ、黒いコートの裾を靡《なび》かせながら、漆黒の艶やかな毛並みの馬に乗って現れた男——倫仁だった。

後ろのほうに見えていた車は倫仁に気づいたのか、すでにその場から姿を消していた。

「倫仁さま……」

ああ、倫仁さまだ、ようやくお会いできた。

馬に乗った倫仁が近づいてくる。

「おまえが狐憑きの巫女、八重の息子の実——いや、小夏なのか？」

霞がかった霧が少しずつ消え、深紅の楓が姿を現し、幻想的な美しさのなかで倫仁と再会できた喜びに小夏の胸は震えた。

「倫仁さ……」

けれど一瞬、その眸の昏《くら》さに、小夏の身体の芯《しん》がぞくりと痺《しび》れた。

（この人が……倫仁さま？）

なにかが違う。三年ぶりに会う倫仁は、川原で小夏を助けたときの、優しげで清冽な印象の学生といった雰囲気がなくなっている。

冷たそうな目元、どこか蔑《さげす》むような視線を小夏にむけていた。

どうして。

小夏はわけがわからず、目を見ひらいて倫仁を見あげた。さらりとした彼の黒髪の上に、雨に濡れた深紅の葉が落ちてくる。黒いロングコートの裾も露に濡れていた。

彼の双眸の奥に揺らめく冷ややかな焔《ほのお》のようなもの。

それは何なのか。本能的に警戒されているような気もしたが、小夏はそれでもうれしくてほほえみかけた。

「倫仁さまですね。お会いしたかったです」

思わず小夏はそう口にしていた。

「……」

倫仁が眉間に深いしわを刻む。小夏は立ちあがってなおも彼に笑顔で言った。

「うれしいです、お会いできて」

「うれしいだと？」

倫仁は明らかに困惑したような顔をしていた。

「はい、倫仁さま、大好きです。だからお会いできてとてもうれしいです。この気持ちを言葉で伝えることができるなんて人間て本当に素敵ですね」

くったくのない笑顔で思ったままの気持ちを伝える小夏に、倫仁はさらに深々と眉間にしわを刻んだ。

「ふつうと違う……精神が壊れていると聞いていたが……」

「ふつうが何なのかはわかりませんし、なにが壊れているかわかりません。でも小夏は、本当にずっとずっと倫仁さまにお会いしたかったので、今ここでお会いできて、とってもとってもうれしいんです」

小夏は明るく笑いかけた。

「なぜそんなに喜んでいる。おかしいんじゃないか、初めて会うのに」

「はい、人間としてお会いするのは初めてです。でも小夏は狐のときに、倫仁さまにお会いしたことがあります」

同じ言葉をくりかえす小夏に、倫仁は冷ややかに嗤った。

「そうか。そういうことか」

「え？」

「狐憑きの巫女は権力を持った男を褥《しとね》に呼びこみ、快楽を貪《むさぼ》り、絶頂の果てに相手にご神託を与えると言われていたが、その能力と引き替えに知能や常識といったものが欠落していたらしい。息子のおまえも同じなのかと言っただけだ」

「小夏も同じ？」

倫仁は狐憑きの巫女やその息子ことを嫌っているのだろうか。

けれど嫌われていても、小夏自身は、自分がどうして嫌われているのかも、倫仁の言葉の意味もよくわからない。ただただ会えたことが嬉しくて。

「同じってなにが同じなんですか」

「やはり……足りないのか」

さっと倫仁が馬から下り、不可解そうに小夏を見下ろす。

「なにが足りないのですか？」

意味がわからず、小夏は小首をかしげて尋ねた。

「ここのことだ」

倫仁は自分の頭を指さした。

「髪の毛なら、倫仁さまより小夏のほうが長いですよ」

「そうじゃない、巫女の能力と引き替えに、人としてふつうに生きていくことに必要なものが欠落しているということだ」

「……」

どういうことだろう。彼がなにを言いたいのかさっぱりわからないが、間違ったことは言ってないのだろう。

「よくわかりませんが、倫仁さまがそう思うなら、小夏はふつうと違うと思います」

「つまりふつうの人間と同じような会話ができない代わりに、神の声を聞くことができる……狐憑きということか」

「ふつうの人間と同じ……の意味も……わからないです。でも、小夏、狐でしたから、巫女の八重さんよりも、小夏のほうが狐に近いと思いますよ」

「巫女の八重さん、母親のことを、そんなふうに言うのか。しかも自分を狐だと」

母親——そうだ、自分は狐憑きの巫女の八重の子だという形で伝えられている。

「あの……実は小夏は……」

八重の子供ではない、ただ倫仁に会いたかったからそう名乗っただけと伝えようとしたとき、彼の手から血が流れていることに気づいた。

「倫仁さま、怪我しています」

手首から真紅の鮮血が流れ落ち、ぽとぽとと地面に滴《したた》り落ちていく。倫仁は苦笑し、胸から出したハンカチーフでぐるりと手首を巻いた。

「さっき暴漢に襲われた。聞いているかどうか知らないが、今、天隠村はダム建設の賛成派と反対派に分かれて険悪な雰囲気になっている。俺は父の命で、この村のダム建設の指揮役をつとめることになった。それもあって反対派のやくざに狙われたんだよ」

やくざとはどういうものなのだろう。ダム建設のことで、村が真っ二つに分かれているのは、小夏も知っている。

血の匂い、流れている量から察すると、かなり深い傷だと思う。

「ずいぶんひどい怪我……。あ、そうだ、ここから少し行ったところに血止めの薬草が生えています。とりに行ってきますね」

「待て、薬草って」

「はい、小夏は薬草をさがすのが得意なんですよ、すぐそこにありますから、とってきます。少し待っていてくださいね」

小夏は濡れた枯葉のなかを進み、木の根元に生えている草の前にひざを下ろすと、両手を合わせて祈りを捧げたあと、数枚の葉をつまんだ。

「血止めというが、ふつうの雑草じゃないか」

後ろから馬を連れてついてきた倫仁が問いかけてくる。

「この葉、何という葉なのか小夏も名前は知りません。でも、消毒と血止めのできる貴重な葉なんですよ」

「手を合わせたりして、なにかそこに霊力でもそそぎこんでいるのか」

「いいえ、手を合わせるのは、感謝と祈りを伝えるためです」

ふりむいて小夏は倫仁にほほえみかけた。

「感謝と祈りだと？」

数枚の楕円形《だえんけい》の葉をそっと手のひらに載せて立ちあがり、大きくうなずく。

「はい、ここに生えてくれてありがとうという草への感謝の気持ちと、この葉に傷を治す力を宿して下さってありがとうという神さまへの感謝の気持ち、それから、どうか倫仁さまの傷を治してくださいという祈りです」

小夏は草の葉を半分に切ってふぅっと息を吹きかけた。

「……っ……今……なにを」

「小夏が息を吹きかけると、薬草の効力が増すんです。小さな病気や怪我を治すの、得意ですよ」

小夏は、もう一度、草の葉に息を吹きかけた。

「さあ、血を止めましょう。消毒もできます」

小夏は倫仁の手をつかみ、傷口に草の葉を揉《も》んで搾《しぼ》った汁を滴らせて塗りこめたあと、葉ごと自分の両手でその手首を包みこんだ。

この傷を治したい、消したい。

そう祈っているうちに、身体の内側にぽぉっとあたたかい波動が生まれ、小夏の手のひらを伝って、彼の手首にそれが吸収されていく。同時に傷が小さくなるのがわかる。

「これで大丈夫です」

小夏がぱっと手を離すと、草の葉が枯れたようにしなびている代わりに、倫仁の傷跡は綺麗に消えていた。そこに傷があったことなどなかったように。

「おまえ……やはり本物の巫女の力を……こんな力は巫女以外ありえない」

「いえ、巫女ではありません、神さまのお使い狐です」

「まあ、いい。そう思いこんでいるのならそれでも。いずれにしろ本物のようだな、そんなことができる人間は他にいない。父から、おまえをさがすようにと言われ、ずっとさがしていたんだが」

「ずっとさがしていた？」

突然のことに、小夏は驚いて問いかえした。

「そう、おまえに会うために。本物で良かった。これまで偽物もいたので初めは疑っていたが」

「よかったです。小夏もずっと倫仁さまと会いたいと思っていましたから」

にこにこと笑って言う小夏の肩に手をかけ、倫仁が真摯な眼差しで言う。

「どうだろう、俺の家に一緒にきてくれるか？　東京ではなく、吉野のほうの」

「いいんですか？」

小夏は信じられないものでも見るように倫仁を見あげた。

「ああ」

「うれしいです、小夏はずっと倫仁さまのお母さんの看病がしたかったので」

「母の病気のことを知っているのか？」

「はい、この小夏の力で倫仁さまのお母さんの看病をさせてください。ご病気を治すお手伝いがしたいのです」

「看病すれば、今、俺の傷を治したように母の病気も治るというのか」

「小夏の特技です。お願いです、お手伝いさせて欲しいんです」

真剣に言う小夏の顔を不思議そうに見たあと、倫仁は息をついた。

「わかった。母がいいと言うなら、おまえに看病をたのもうか」

「いいんですか」

大きく目を見ひらき、小夏は興奮したように問いかけた。

「ああ、たのんだぞ」

願いが叶えられる。人間になってよかった。あまりのうれしさに両手を広げ、思わず小夏はぴょんと倫仁に飛びついた。

「はい、がんばります！」

「っ……どうしたんだ、突然……」

驚いたように倫仁が息を呑むのがわかったが、かまわず小夏はその背に腕をまわした。そして嚙《か》みしめるように倫仁の肩にほおをあずけた。

「うれしいんです。小夏、ずっと倫仁さまのお役に立ちたいと思っていました。看病ができるなんて最高です。ありがとうございます、感謝します」

ふわりと彼の首筋から上品な伽羅の香りがする。三年前、小夏を包んでくれたこの人のマントからも同じ芳香がしていた。大好きな香りに胸が締めつけられていく。

なつかしさやうれしさや愛しさがごっちゃになり、小夏の眸からぽろぽろと涙が流れ落ちていった。

「どうした、泣くほどうれしいことなのか？」

「はい、うれしくてうれしくて……涙が止まりません」

ぐすぐすと鼻をすすり、あふれ出てくる涙を止められないでいる小夏の背に手をまわし、倫仁が身体を引き寄せてくれた。

「まいったな……こんなにかわいいやつだったなんて」

かわいいということは、小夏を好意的に受け止めてくれたのだろうか。

華奢《きやしや》な小夏の肩を抱くたくましい腕のこの感触。弓を放っていた倫仁の腕が、衣服の上からは想像できないほどしっかりとした骨格と筋肉とで形成されていることが伝わってくる。

その腕の強さ、そして彼から漂ってくるさわやかな香りがうれしい。

けれどなによりも、小さな狐として抱きしめられたとき以上に、今のほうがずっと身体の奥があたたかくなり、これまで感じたことがないほどふわふわとした優しい気持ちになっていくのがうれしかった。

「本当にまいったな、これまで想像していた狐憑きの巫女と……ずいぶん違う」

ぽんぽんとなだめるように肩を叩かれ、それでもなおも泣きじゃくっている小夏に、倫仁はいたわるような声で訊いてきた。

「そんなに淋しかったのか、おまえは」

「え……淋しかった？」

淋しい。人間がよく使う言葉だが、小夏にはその感覚がわからない。

「これからは又従兄弟としてできるかぎりのことはしよう。おまえにとって、俺と母が唯一の親族なのだから」

小夏の肩を抱いたまま、あやすように倫仁が背を撫でる。

そんなふうにされるのはうれしい。けれど「又従兄弟」「親族」という言葉に小夏の口元から笑みが消え、涙も乾いてしまった。

「あの……又従兄弟っていっても……小夏本当は」

しどろもどろに言う小夏に、倫仁が安心させるようにうなずく。

「とまどって当然だ。長い間ひとりぼっちだったのだから」

違う、そうじゃない、そうじゃないのに。

「あの倫仁さま……」

「八重は心が壊れ、おまえの行方もわからなくなって」

倫仁は、烽火から聞いた話を知らないようだ。

八重は子供のできない身体で、早いうちから心が壊れていて、善悪の区別もつかないままどこかから赤ん坊を拾ってきたとか。

（そうだ……そのことは八重の父親しか知らなくて、今はその宮司も亡くなっているので、烽火さん

以外に真実を知る者はいないみたいなことを言ってたっけ）

あのとき、その話は秘密にしておくようにと言われていたので、倫仁に八重には血のつながった子供などいないと小夏の口から伝えることはできないが、それでも自分の素性についてはちゃんと説明したほうがいいと思った。

八重の子の振りをしたのは、倫仁に会うための手段でしかない。彼にウソをついて、又従兄弟だと誤解されたまま、親族として世話になるのは心苦しい。こうして無事に倫仁に会えたのだから、自分は偽物で、ただ彼の母親の看病がしたいだけだと伝えなければ。

「あの、ごめんなさい……小夏は……本物の狐憑きの巫女の子供じゃないです。倫仁さまに会いたくてそんなウソをつきました」

「え……」

倫仁は小夏の背にまわしていた腕を解いた。

「ウソって、どういうことなんだ」

「小夏は……さっきから言ってるように本物の狐なんです。あなたに会いたくて、狐憑きの巫女の子供の振りをしました。本当の子供じゃないです」

「やはり……ふつうの人間の言葉がわからないのか」

「いえ、そうじゃなくて、小夏は……人間じゃないんです。本当は狐なんです。天隠神社の祠にある石の像が本体で、魂だけ外に出てきて、人間に化けている狐なんですよ。だからあなたのお母さんの従妹の子じゃないんです」

倫仁がくすっと笑い、小夏の頭をくしゃくしゃと撫でた。

「わかったわかった、かわいいやつだな、狐が化けているなんて。まあ、いい、そういうことにしておこう」

「よかった、わかってくれましたか、小夏は人間じゃないって」

「ああ、やはり狐憑きの巫女の血をひく者は特別な感覚の持ち主なんだと改めて痛感した。言い伝えどおりに不思議な存在のようだ」

倫仁はわかっていない。狐憑きの巫女の血のせいで、小夏も変わったことを口にしていると思っている。

「いいえ、本当に小夏は狐なんですよ。真夜中になったら、狐にもどってしまうんです。今は人間になっていますが。お願いです、信じてください。でないと、ウソをついてしまったことが申しわけなくて、小夏は倫仁さまのおうちに行けません」

小夏は拳をにぎりしめ、必死になって倫仁に訴えた。片方の眉をあげ、小首をかしげて倫仁は小夏を見つめた。

「お願いです、信じてください、小夏は本物の狐なんです」

しばらくじっと小夏と視線を合わせたあと、倫仁はふっとほほえんだ。

「わかった、信じるよ。申しわけなく感じることはない。安心して俺の家にくるんだ」

「ありがとうございます。倫仁さまが信じてくれたのなら、安心です」

またうれしくなって、感極まったように小夏は倫仁に飛びついた。そんな小夏の肩に腕をまわすと、倫仁はするりと抱きあげた。

「え……」

驚いている小夏を馬に座らせると、倫仁はマントを翻して素早くその後ろにまたがった。

「あの……」

ふりむくと、倫仁はポンと小夏の肩を軽く叩いた。

「さあ、行こう。早くしないと、また雨が降り始めた」

「本当に一緒に行っていいんですか……小夏は狐ですけど」

「いいよ、かわいい狐の小夏。かわいい弟ができたようで何だかとても楽しいよ。おまえと話をしていると自然と笑顔が出てくる」

「本当ですか？　小夏といると楽しいですか？」

「ああ。気持ちが明るくなる」

倫仁がうなずくと、またじわっと両目に熱いものが溜まってきた。

「家に行ったら、今日はゆっくりして。明日にでも母に紹介する。看病を手伝ってくれるのだったな？」

「はい、もちろんです」

倫仁はくすっと笑って小夏のこめかみに軽くくちづけしてきた。

「あの……倫仁さま？」

「あまりにおまえがかわいくて、つい。おまえからずいぶんいい香りがする、瑞々《みずみず》しい若葉のようだ。さあ、今から家にいこう」

すうっと小夏の腹部を自分にひきよせると、倫仁はさっとマントを脱ぎ、雨から庇《かば》うように頭上からかぶせてくれた。

「それでは倫仁さまが」

「いいから、じっとして。これからはすべて俺にまかせればいい。安心して小夏は身をゆだねていなさい」

有無を言わせないような強い口調に、ああ、自分は彼に護られているのだという心地よい安心感をいだき、またぽろぽろと涙が流れ落ちてきた。

大好きな倫仁さま。三年前、小夏の命を助けてくれた腕がまた同じようにマントで小夏を包みこんでいる。ああ、今、自分はあの人と一緒にいる。彼の家に連れていってもらう。そして彼の母親の看病をする。

よかった、倫仁さまのお役に立てる。それにそれだけではなく、倫仁さまは弟のようだと言ってくれた。一緒にいると楽しくて、気持ちが明るくなるとも。

そして小夏のことをかわいいと言って、くちづけまでしてくれた。

（ありがとう、烽火さん。小夏、いっぱいいっぱい素敵な想いをしています）

マントに包まれながら、小夏は両手を合わせた。そして小夏はこの村のどこかにいる烽火に心のなかで感謝を伝えた。そしてなによりも一番尊敬している御方に。

（稲荷の神さま……ありがとうございます。小夏をお使い狐にしてくださって本当にありがとうございます。こうして長く生きてこられたおかげで、最期の最期に大好きな人もできて、その人のお役に立つことができます。小夏は倫仁さまのそばで一生懸命がんばります。本当に本当にありがとうございます）

背中に倫仁のぬくもりを感じながら、雨のなか、小夏は手を合わせたまま、これまでずっと自分をかわいがってくれた稲荷の神さまに感謝の言葉を伝え続けた。

三

狐憑きの巫女の八重――まさか彼女の子が見つかるとは……。

これまで倫仁は夢にも思っていなかった。

(最初は……ダム建設の反対派が巧妙にしくんだ偽物かといぶかしく思っていたが、本当に霊力があるところを見せつけられると……さすがに本物だと判断せざるを得ない)

一瞬にして血が止まり、傷がなくなってしまった。今、倫仁の手首には何の傷痕《きずあと》もない。それまでは十センチほどの傷があったのに。

(あんな力の持ち主がこの世にいるなんて)

倫仁は、自身のひざを枕にしてうとうとと眠っている小夏という少年の寝顔を、じっと目を細めて見下ろしていた。

(何てあどけない顔をして。自分のことを本当の狐だと真剣に思いこんでいるところが何ともかわいい。こんなにいじらしく、天真爛漫《てんしんらんまん》とした弟でもいれば……俺もここまで歪んだ性格にはならなかっただろうな)

うれしいことがあると、大げさなほど喜び、すぐに飛びついてくる愛らしい少年。

これまでよほど淋しい想いをしていたのか、無防備なまでに人なつこくて、最初は面食らったが、一緒にいると不思議と心が安らぎ、こうしてそのぬくもりに触れているだけで身体中の血が浄化されていくような心地よさを感じる。

（何だろう、この子は。身体だけでない、一緒にいると心まで癒《い》やされるようだ）

たとえるなら寒くて凍《い》てついた夜にあたたかな柚子湯《ゆずゆ》に浸《つ》かり、身体の芯からぬくもっていくときのような、ほっとする心地よさとでもいうのか。

あるいは、空腹でどうしようもなくなっているとき、ふっくらとした炊きたての米を口内で噛みしめたみたいな幸福感。

また疲労困憊《ひろうこんぱい》しているときに、ふかふかの布団に身を横たえ、眠りにつきかける刹那《せつな》、極楽浄土を浮遊しているような錯覚に囚われる瞬間。

そのすべてに似ているが、それとは明確に指し示せない。何というか、それ以上にたまらなく気持ちのいい不思議な心地よさをおぼえるのだ。

村長の報告によると、大友という役場の職員が山中で発見し、社務所に連れてくるまで、小夏は自分がなにをしていたのか、これまでの記憶が曖昧《あいまい》とのことだ。

赤ん坊のようになにもわかっていない状態で、八重と同じで心が壊れた少年、あるいは巫女の霊力と引き替えになにかが足りなくなっている状態の少年だと聞いていた。

だが、実際に会って話をしてみると、そうではなかった。

少し風変わりな発言をするものの、心が壊れているとも、なにかが足りないわけでもないと思った。

確かに巫女らしい霊力の持ち主ではあったが。

（巫女の息子。彼を見つけたときは、すぐに報《しら》せろと父から言われているが）

まだ父親にはなにも報せていない。

それどころか、まだ倫仁は吉野の邸宅にも到着していなかった。

小夏を馬に乗せて山中にある屋敷まで馬でむかおうとしたが、あのあと雨が激しくなり、小夏の顔色も悪くなってきたので、倫仁は麓《ふもと》にある下市《しもいち》の茶屋で休憩をとることにした。

乗っていた愛馬は信頼できるこの町の住民にあずけることにして、倫仁は屋敷に連絡をとり、車で迎えにくるようにと伝えた。

その間に、小夏と二人、餡《あん》かけのそばを食べ、生姜《しょうが》入りの甘い葛湯《くずゆ》を飲んだ。身体があたたまってほっとしたのか、いつしか小夏はコクコクと居眠りをし始めたのだ。

少し疲れが出たのだろう。

『こんなところで眠ると風邪をひくぞ』

苦笑し、抱きあげようとその身体に腕をまわすと、小夏は力が抜けたようにくったりと倫仁の腕によりかかってきた。

安心しきってされるがまま無心に寝息を立てている。その寝顔があまりに愛らしかったので、倫仁は壊れもののように大切に彼の頭を自分のひざに乗せた。

それから一時間ほど、ざーっと雨が屋根を打つ音に耳をかたむけながら、倫仁は小夏の髪を手で掻《か》きつくろい続けている。

さらさらと指から抜けていく、絹糸のような小麦色の髪。

ほっそりとしたあごや首筋の肌は梨《なし》の花のように白い。

そんななか、唇だけが艶やかに朱に染まっていて、見ているとぞくりとした妖しい気持ちになってくる。彼の笑顔を見たり、ぬくもりに触れているときの優しい癒やされる感覚とはまた別の、身体の芯に淫靡《いんび》な火がつけられるような、内部からちろちろと焙《あぶ》られているような衝動。これまで同性相手に欲情したことなどなかったのに。

（八重同様に……この子も男たちの慰みものになっていたのだろうか）

父はそんなふうに言っていた。

巫女の血筋の人間は幼いときから当然のようにその身を穢され、性交の絶頂を迎えたときに未来を予知し、快楽を与えた相手に幸運をもたらすと。

（だから、父は母を愛人にした。息子の俺に巫女の力がなかったからよかったものの、もしも俺に備わっていたら、あの男のことだ、息子でも平気で犯していただろう）

がっしりとした体躯、端整なまでに整ってはいるが、傲慢《ごうまん》そうな雰囲気を漂わせた父親のすべてが倫仁にとっては忌まわしいものでしかない。

かつて没落していた家を父の代で復活させたのだが、そうした華族ならではの、剝《む》きだしなまでの強欲さとでもいうのか、常に権力欲が強く、その口から漏れる言葉の品のなさも耐えがたい。

同じように、巫女の子の行方を追っている、父の政敵の政治家も同様だ。

今朝も反対派の村民に声をかけ、倫仁をやくざに襲わせ、そのすきに小夏を手に入れようとしていたが、間一髪で被害を最小限におさえられた。

（巫女の力というのは、神から与えられたものだ。神への畏敬の念を忘れ、人間が好き勝手に穢していいものではない）

あんな男どもにこの子を抱かせたくない。渡したくない。なにより自分の母や八重のように、これ以上、強欲なやつらの犠牲にしたくない。

今ごろは父もなにか嗅ぎつけているだろう。父には偽物だったと伝えよう。そして母とも相談し、この子にとってどう生きていくのが一番いいか、できるかぎりのことを協力していこうと倫仁は決意していた。

それからしばらくして迎えにきた自動車に乗ると、それまでぐっすりと眠っていた小夏が振動で目を覚ましてしまった。

「……あの……ここはどこですか」

まぶたをこすりながら目を覚まし、きょとんとした顔で周囲を見まわしている。

「自動車のなかだ。疲れているなら、もう少し眠っていなさい」

窓の外は、雨が小降りになり、白い靄が紅葉した木々をうっすらと覆っていた。

「大丈夫です。ちょっと疲れたけど、もう元気です」

ふわっと明るい笑みを浮かべる小夏。さっきまで青みがかっていたほおに血色がもどり、倫仁は少し安堵の息をついていた。

吉野の山を眺めることができる山の中腹に、広大な敷地を有する北小路邸。全山を埋め尽くす木々に囲まれるように建つ。

北小路家の屋敷を中心に、恐ろしいほど大量の桜の木が植えられ、山の頂に稲荷大社がある。霊峰といわれている大峯の山々を背に奥深い山の木々に抱かれるように建つ神社の社殿は、朱塗りの古めかしい鳥居をくぐりぬけ、朱色の灯籠《とうろう》がずらりと両側に並んだ階段を数百段のぼっていったところにある。

そこが天隠神社の総本社にあたり、代々倫仁の母方の血筋の者が宮司をつとめ、かつては親族の多くが禰宜《ねぎ》や巫女となっていた。もし父の正妻に子供ができていれば、今ごろ、倫仁は子爵家の跡取りではなく、神職についていただろう。

境内には社務所が設置され、おみくじや祈禱《きとう》を始め、ありとあらゆる神事が催されていた。

だがここ十年ほどの間に少しずつ廃れ、今では遠縁の者がひっそりと宮司をつとめているだけの寂れた神社になっている。天隠神社に至っては一人の職員もいない。

原因は、このあたりにひんぱんに起こる水害のせいだ。

末社のひとつ——天隠神社のあるあたりでは毎年のように川が氾濫する。

そして下流のあちこちの村が流される被害が出るようになり、少しずつこの地域から移転する者が増えているのだ。

(だから……不本意ではあるが、おとなしく父の秘書となり、あの男がたずさわっているダム事業を手伝わせてもらうことにした。この地域の人が安全に暮らせるように)

そのための、ひとつの野心が倫仁のなかには存在する。

父が計画しているダム事業を実行してしまえば、この地域での古くからの自然や修験者たちの信仰の場を破壊してしまう恐れがある。

そのままダムを利用して水力発電を行い、水を必要とする工場を誘致し、産業を発展させ、近代化をはかってそこから吸いあがってくる利益を計算している父の計画。

自然への畏敬の念もなく、神や仏を尊崇する気持ちのかけらもない計画だった。

本当は大学卒業後、海外留学し、近代政治について学ぶつもりでいたが、あえて父の仕事を手伝うことにしたのは、父の計画を頓挫《とんざ》させ、自然の流れを最大限に利用した豊かなダム造りを秘密裏に進めたかったからだ。

「このあたりは全部桜の森になっているんですね」

「ああ、この一帯が北小路家所有の土地になっていて、春になると桜一色の世界に変わる。真冬の雪景色も美しいが、春は本当に見事だ」

「春……ええっと春は……今から五カ月先だから、よかった、まだ間にあいます」

指を折り曲げ、十二月、一月、二月……と、四月まで数えると、小夏は安堵したような顔でそう言った。

「間にあうって……小夏には時間がないのか？」

小夏は少し小首をかしげ、なにか考えこんだあと、ふわっとほほえんだ。

「ないかもしれないし、あるかもしれません。よくわからないんです。でも一年は大丈夫だと思いますから」

彼がなにを言いたいのかがわからない。

「一年したら、行きたいところでもあるのか？」

「あ、いえ、そういうわけじゃないんです。でも桜を見ることができるのはうれしいです」

「ああ、そうだな、そのときはこの山を案内しよう」

「本当ですか？　うれしいです。あ、じゃあ、倫仁さまも桜の季節まで、吉野にいらっしゃるんですか？」

「できればそうしたいが、年末年始は、子爵家の所用もあって、東京にもどることになるだろう。だが、すぐにまたこっちにもどってくる。小夏は、その間もうちにいればいいから」

倫仁は小夏の髪を掻きあげた。

「ありがとうございます、その間は、倫仁さまのお母さんの看病します」

「そんなに一生懸命にならなくてもいい。母の看病は医師も看護人もいるんだから。小夏のことをどうするかは、少し考える時間が欲しい」

「はい、ありがとうございます」

「本当はすぐに考えるべきなんだろうが、この吉野が雪に覆われる前に、来年、竣工《しゅんこう》予定のダム工事の準備を進めなければならないから」

「来年……来年のどこかに、ダムの工事が始まるのですか？」

「ああ、桜が散ったら、工事を始める予定だ。雪の季節には工事などできないし、桜の季節は観光客も多くて混雑する。終わってから、次に雪が降るときまでに大がかりな工事をしなければいけないんだ」

「桜が散ったら……では、桜が散ったら、天隠村は沈んでしまうのですか？」

小夏の顔が少し青ざめたことに気づいた。

そうか、天隠村は彼にとって故郷にあたる。故郷を失うのが哀しいのか。

「工事は時間がかかる。すぐに沈むってことはないが……いや、そういうことになるのか、あの村を最初に沈めないと、水の流れを堰き止められないから」

「……」

うっすらと唇をひらいたまま、小夏は不安そうな顔で視線を遠くにむけた。

「小夏……天隠村のある場所にダムができれば、干ばつの心配がなくなるし、土砂崩れや鉄砲水のような天災もなくなるんだよ」

「じゃあ天隠村は消えるのですか？　天隠神社も一緒に？」

「ああ、そうなる。天隠神社は、この先、礎としてダムを護ってくれるだろう。吉野の人々の命を護る存在に。それを実現するのが俺の夢だから」

「そうか……桜が散るまでなのか」

なにか遠くのものに囁きかけるようにひとりごとを呟《つぶや》く小夏に倫仁の胸は痛んだ。彼にとって大切な故郷をなくしてまう計画をしていることに。

「小夏……そうだな、哀しくて当然だな。わかった、じゃあ、桜の季節に天隠村にサヨナラを言いに行こう。一緒にふたりで」

彼の肩に手をかけると、驚いたように顔をあげ、小夏は淡くほほえんだ。

「ありがとうございます、うれしいです。あ、でもすみません、今、小夏、哀しい顔をしたんですね。ごめんなさい」

「何でそんなことくらいで謝るんだ」

「哀しい顔をすると、一緒にいる人も哀しくなるから」

「大丈夫だよ、俺に気遣うことはない。哀しいときは哀しい顔をすればいい。うれしいときはうれしい顔を。それが自然なことだ」

「倫仁さまもそうなんですか？」

問いかけられ、一瞬、倫仁は眉をよせたが、すぐに小さくほほえんだ。

「そうだな、小夏の前ではそうすることにしよう」

本当は違う。今みたいに、自分の感情をごまかすときにほほえむ。

むしろ倫仁は、うれしいことも哀しいことも、そうした感情らしい感情というものを自覚したことがない。喜怒哀楽が激しく、気に入らないご神託が出ると、母をよく殴っていた父を見て育ったせいだろうか。

感情を面に出すのは好きではない。感情に支配された言動は醜いと思っている。だからただ淡々と、静かに、おだかやに、理性的な、美しい生き方がしたいのだ。

「桜の花が散り、工事が始まると、俺にも少し時間ができる。そのころ、小夏にとって、将来、どうしていくのか一番いいのか、ゆっくりと一緒に考えていこう」

「……将来……。でも、もう小夏には時間が」

うつむき、小夏がぼそりと言う。

「え……」

顔をのぞきこむと、小夏はまたふわっとした笑顔を見せ、かぶりを振った。

「いいえ、何でもないです。倫仁さま、本当にありがとうございます。将来のことなんて、狐だったときには考えもしなかったことです」

狐だったとき――か。小夏は本当に自身のことを狐だと思いこんでいるようだ。

（やはりふつうじゃないのか。いくら狐憑きの巫女の子とはいえ、自分のことを本物の狐と言い続けるなんて）

そんな小夏の妄想にわざと話を合わせ、倫仁はさぐるように問いかけてみた。

「では、小夏は……狐だったときはなにをして過ごしていたんだ？」

「神さまのお使いをしていました。小夏はお使い狐だったので」

「お使い狐？　稲荷の神のお使いというのは、神社にある狐の石像のことじゃないか」

「はい、そうです。小夏の本体は、天隠神社にある狐の石像です」

「狐の……」

倫仁は眉間に深々としわを刻んだ。

本当の狐だと言われても驚いてしまうのに、まさか石像だとは。そのあまりに突拍子もない言葉に、一瞬、倫仁は頭のなかでどう想像していいかわからなかった。

「あの……倫仁さま？」

「ちょっと待て、少し頭を整理させてくれ。ええっと……要するに、小夏の本当の姿は人間でも田畑によくいるような動物の狐でもなく、あの神社の奥にある、小さな祠の前にいる狛狐……つまり石像だということなんだな？」

「はい、小夏は神さまのお使いですから」

「もう一度確かめるが、つまり……狐憑きの巫女として狛狐の声を聞きわける行為をお使いだと称しているのではなく、小夏自身があの狛狐だと言ってるんだな？」

念押しするように倫仁は尋ねた。

「はい、そうです」

何というあり得ないことを。彼が本気で自身を石像だと思いこんでいるのだとすれば、やはりふつうではないのかもしれない。

「あの、もしかして狐憑きの巫女も神さまのお使いなんですか？」

今、倫仁が言ったことを疑問に思ったのか、小夏がさぐるように問いかけてくる。

「ああ、そうだ」

「だとしたら同じ仕事をしていたわけですか。狐憑きの巫女も小夏も」

「そうだ」

「でも八重さんはちっともうれしそうじゃなかったですよ。小夏は、神さまのお使いの仕事をするのが大好きだったのに」

無邪気な顔で言う小夏に、倫仁は小さく息をついた。

「では、小夏は……八重が嫌がるような神さまのお使いとしての仕事も、自ら喜んでやっていたというわけか」

「はい、小夏は大好きでした。みんな、とっても喜んでくれて、小夏に感謝してくれるのがうれしくて、一生懸命、お仕事してました」

なにもわかっていないまま、ほほえんでいる小夏の返事が倫仁の胸に深く突き刺さる。

(大好き……か。その仕事の意味もわからず、みんなから喜ばれ、感謝されることを……小夏自身、うれしがっていたわけか)

どんよりとした重いものが胸にのしかかる。

巫女の子で、あれだけの霊力があるのだ、とうに村人たちから穢され、利用されていたとしても不思議はない。

だが、あまりにも彼の清らかさ、無垢《むく》さに、もしかしてまだなにも知らないのではないか、穢れを知らないのではないのかと期待してしまっていた。

「小夏の仕事相手は……村の奴らだったのか？」

気を取り直し、尋問するように倫仁は問いかけた。

「はい、村の人々に、小さな願いを叶えてくれる神さまとして慕われていました」

「慕われて、か。小さな願いとは……ものは言いようだな」

「はい、本当に小さなお願いしか叶えられなかったんです。村の人が稲荷の神さまに小さなお願い事をし、真夜中、ほんの二時間ほどの間、本体の石像から飛びだし、狐として村人の願いを叶えるのが小夏の仕事でした」

なるほど。小夏の話を解釈すると、真夜中、二時間ほどだけ、男たちに穢され、彼らのために狐憑きの巫女としてご神託を伝えていたということか。

「小さな願い……ね。要するに、毎夜、身体で村人に奉仕していたのか」

「はい、真夜中だけでしたが、二時間の間に、小夏はがんばってお使いの役目を果たそうと努力してきました。皆さん、とても喜んでくれて、小夏はその笑顔を見るととってもうれしくなりました」

「その仕事が好きだったのか」

「大好きでした。でもお使い狐の役目は、もう終わったんです」

「え……」

「稲荷の神さまから、これからはふつうの狐として好きに生きなさいと言われたんです」

つまり、そういう行為をしても、小夏はもう霊力らしいものが発揮できなくなったというのだろうか？

巫女のなかには、年をとるごとに神秘的な力を失い、二十歳くらいで完全に力がなくなってしまう者もいるというが。

「では、さっきのはどういうことなんだ？　薬草に息を吹きかけ、その薬効を引きだしたあと、俺の傷口に手をあてて、怪我を治してしまった行為は」

いぶかしく思い、倫仁は尋ねた。

「あれは神さまのお使いとしてのお仕事ではなくて、小夏自身の意志でやったことなんです。神さまからやりたいことをやって、好きなように生きなさいと言われたので、今は、小夏がやりたいことをしています。倫仁さまのお母さんを看病したいのも小夏の意志なんです」

「その気持ちはありがたいが、どうしてそこまで」

「倫仁さまが大好きだからです」

「……っ」

倫仁は眉をひそめ、隣に座る小夏を見下ろした。倫仁の袖《そで》をつかみ、小夏は不安そうな表情をして言う。

「あの、小夏、倫仁さまが喜ぶことがしたいんです。倫仁さまが大好きだから。だけど小夏にできることは、病気や怪我を治すことしかありません。だから倫仁さまの大切なお母さんの病気を治したいですし、倫仁さまが病気や怪我をしたときもすぐに治します。そういう形でも喜んでもらえますか？」

琥珀色の大きな眸で、まっすぐ自分を見つめる小夏。一点の曇《くも》りもなく、彼が本心からそうしたいというのが倫仁にもはっきりと伝わってきた。

いじらしいといえば、いじらしいし、その一生懸命さに心を動かされそうになるが、あまりに一途すぎて、どう反応していいのか、倫仁はとまどいをおぼえてしまう。

どうしてそこまで彼に好かれているのかがわからないのだ。

彼はそれほど肉親の存在に餓えていたのだろうか。いきなり現れた又従兄弟から見捨てられ、またひとりぼっちになるのを恐れて、そんなふうに言っているのか。

(自分を狐だと本気で思っているようだし、初対面の又従兄弟に大好きだと連呼するのもふつうじゃない)

わからない。彼のことが。

「あの……ご迷惑ですか？　小夏がおそばで、お役に立ちたいと思うのって」

心配そうに眸を揺らす小夏を、倫仁はじっと見つめた。

(え……)

そのとき、一瞬、彼に狐のような三角形の耳があり、それが不安げに垂れ、彼の後ろに大きな尻尾があって、それがしなだれているのが見えるような錯覚をおぼえた。

狐？　いや、犬のようというほうが正しいのか。

捨てないで、と、必死で訴える仔犬と似ているのかもしれない。

倫仁は彼を試すかのように、少しばかり冷ややかな口調で問いかけた。

「迷惑だ。そう答えたら、小夏はどうするつもりなんだ？」

倫仁の本心だと誤解したのだろう。ほんの刹那、小夏は泣きそうな顔をしたが、すぐに笑みを作って明るい声で言った。

「もちろんすぐにおそばから離れます。あ、でもお願いです、一度だけお母さんに会わせてください。すぐに病気を治します。それから小夏は消えますすから」

その言葉、その態度に胸を突かれた。

どうしたのだろう、痛みのような疼きのような感覚が胸の奥に広がり、これまでに倫仁が一度も味わったことのない感情がこみあげてくる。

彼はみんなが言っているように、なにかが足りないわけではない。

むしろとても繊細で、とても聡《さと》い。

ただ生まれ育った環境が特殊だったために、風変わりな思いこみをして、変わった言動をしてしまうだけなのだ。

倫仁が小夏に手を伸ばし、ほおに落ちているさらさらの髪を指でかきやると、驚いたように彼が息を呑む。ひんやりとしたほおの皮膚がかすかに震え、彼の琥珀色の大きな眸は泣きたいのをこらえているのか、涙が溜まったように潤んでいた。

「迷惑だなんて思っていない。だから俺のそばにいろ」

低い声でささやくと、小夏が大きく目をみはる。

彼を安心させるようにうなずき、倫仁はこみあげてくる感情のまま、そっと白くて形のいいほおにくちづけした。

「……っ」

ぽろり、と、彼の双眸から流れ落ちた涙がその小さなほおを伝って倫仁の唇を濡らす。ひんやりとしたほおとは対照的に、彼の涙はとてもあたたかかった。

泣きじゃくりそうになっているのをこらえているのだろう、小刻みに全身を震わせている姿に切なさを感じ、倫仁は思わず彼の背に腕をまわし、自分の方に身体をひきよせた。

「すまなかった、試すようなことを言って」

髪を撫でながら、その背をさする。どっと彼の眸から涙があふれ、倫仁のシャツを濡らしていった。その涙は何という心地よいあたたかさなのだろう。

「あり……が……」

ありがとうございます、と、倫仁の胸に顔を埋もれさせながら小夏が声にならないような声で呟く。また胸が痛んだ。さっきのように説明できない痛みではなく、今度ははっきりとその痛みの正体を自覚していた。それが切ない愛しさという痛みだと。


ゆるやかに蛇行した坂道をのぼっていくうちに、山の中腹に大きな白壁に囲まれた北小路子爵邸の姿を見えた。

「あれが北小路子爵邸だ」

倫仁が言うと、小夏は窓に手をかけ、大きな目を見ひらいて外を覗きこむ。

「わあ、真っ白で綺麗。でもここからだとまだもう少し距離がありますか？」

「そうだな、あと十五分くらいはかかるだろう」

「子爵邸は、西洋のお城のようだと聞いたことがあります。広いのですか？」

「それは東京の本宅のほうだ」

子爵邸といっても本宅は東京の麻布《あざぶ》にある。

かつては広大な武家屋敷だったらしいが、父はそこに本格的な西洋建築の洋館を建て、父とその両親、そして正妻とが大勢の側仕えや使用人たちとともに暮らしている。

東京にいるときは、倫仁もそこに住んでいる。

尤も、あまりに広いので、父や正妻と顔を合わせる機会も少なく、書生として住みこみで働いている側仕えたちと話をするほうが多い。

(東京はおちつかない。ここにもどってくるとホッとする)

こちらにある屋敷は吉野別邸という名で呼ばれている別宅にあたるのだが、父がここに妾として母を囲い、倫仁を育てていたことから、当時、東京の正妻は『狐の山小屋』という蔑んだ呼び方をしていたようだ。

(俺のことも、卑しい女の息子という目で見ていたのは知っている)

十五歳のとき、正式に後継者になることが決まり、ともに暮らすようになってから、それでも二人は互いにそうした感情を面に出すことはなく過ごしてきた。公的な場ではそれぞれを尊重する態度をとり、おだやかな関係を保っているのだ。

『倫仁さんは、よう出来たお人であらしゃいます。お母上の巫女さんが卑しい境涯をしてはっても、倫仁さんが子爵家の後継者ということに私は何の異論もありませんよ。頭もええし、容姿も申し分あらへん。和歌も蹴鞠《けまり》もお上手やし、武道もダンスも乗馬も誰よりも見事。あんなよう出来た人、他にいらっしゃらへんでしょう』

京言葉の発音の残っている温柔な話し方で、正妻がそんなふうに口にしながら優雅にほほえんでいる姿を見たことがある。

彼女にとっては、母は痛くも痒《かゆ》くもないどうでもいい相手でしかない。卑しいと思っている女性のことなど、頭のなかに入れるのさえ好ましくないといった態度を一貫して示している。

(むしろあっぱれというべきか)

最初は、堂上《どうじょう》華族出身のあの恐ろしいほどのその誇り高さにあきれた。

しばらくはそうした性質を忌まわしく思っていたが、今では、決して変わることのない生き方に、ある種の尊敬に似た気持ちもいだいている。

強欲でぎらついた父よりも、よっぽど彼女のほうが凜々《りり》しい男前だ――と。

むこうもそう感じているのはわかる。

名声と権勢にとり憑かれた父親を、冷めた眼差しで見つめている息子の倫仁。

父のようにはなるまいと品格を失わない言動を貫いている。

帝国大学を首席で卒業し、今では名門華族の令嬢たちの憧《あこが》れの的となっている倫仁に対し、どこか同士にも似た気持ちを抱いているようだ。

(だからといって、彼女と親しくなることはないが……それより、父のダム計画をどの時点で阻止し、どうやって気づかれずに、自然を守る形のダムを造るか……それが課題だ)

けわしい顔で、倫仁が窓の外を見つめていたそのときだった。ぐぅっと隣の席から腹の鳴る音が聞こえてきた。

「どうした、腹が減ったのか?」

「あ、はい、すみません、お腹がすいてしまったみたいです」

肩をすくめて小夏がほおを赤らめる。

「夕飯までまだ時間がある。小腹が空いているのなら、これでも食べるか」

倫仁は鞄《かばん》のなかに、道中の土産にと書生たちからもらったロシアケーキの袋があることを思い出した。

ロシアケーキとは、日本にきたロシア人が伝えた洋菓子のことをいい、ケーキというよりは、ビスキュイに似た菓子のことだ。

小麦粉に砂糖とミルクを入れて焼き、乾燥した果物やジャムを載せたものをいう。

「綺麗ですね、わあ、落雁《らくがん》みたいな模様が入ってます。これ、食べられますか？」

「ああ、こうして」

赤いジャムが添えられたロシアケーキを包みからとり出し、倫仁は半分に割って、小夏の口に差しこんだ。

「え……っ」

初めて口に入れたものの味にびっくりしたのか、小夏が口と目を大きくひらいたまま、じっと硬直している。

「大丈夫だ、そのまま口を動かして食べてみろ」

倫仁に言われると、こくりとうなずき、小夏はもぐもぐと口を動かした。

一口、二口と嚙みしめるごとに、小夏の目がうれしそうにほほえみの形を形成し、ほおがぷっくりと膨らみ、林檎《りんご》のように紅潮していく。

そのあまりにかわいい姿を見ていると、自分がとてもいいことをしたような気がして、自然と倫仁の口元がゆるんでしまう。

ごくっと呑みこんだあと、小夏は目をぱちくりとさせながら言った。

「これ、すっごくすっごく甘くておいしいです」

素直に喜ぶ姿に、倫仁はクスリと笑った。

「じゃあ、残りも食べろ」

残った半分を口元に突きだすと、小夏はくりくりとした目を輝かせ、上目遣いで倫仁を見ながら、ふわっと唇をひらいた。

「いいな、入れるぞ」

そこに差しこむと、小夏はきゅっと目を細め、たまらないといった表情でもぐもぐと口を動かし始めた。

生まれ初めて見たかもしれない、こんなふうに菓子をうれしそうに食べる相手を。

「幸せです、おいしくて幸せ過ぎます、ロシアケーキ、甘くてすっごくおいしい。小夏が今まで食べたもののなかで一番おいしいです」

幸せそうに小夏がほほえむ。

その唇の端にはジャムの一部がくっついている。倫仁はそっと指でぬぐってやった。するとすかさずその指先についたケーキの欠片を小夏がぺろりと口にする。

「小夏……」

その一瞬、倫仁は、胸にふっと妖しい風が吹きこむような錯覚をおぼえた。

密生する長い睫毛《まつげ》、淡雪のように白い肌、朱をさしたような唇。

優しげで愛らしいその姿の奥から、えもいえない匂いたつような気配を感じ、ふいにこの男をどうにかしてみたいという衝動が身体の奥から湧《わ》いてきた。

「……っ」

倫仁の視線を変に感じたのか、目を見ひらき、小夏が不思議そうに見あげてくる。はっとして倫仁は指をひっこめた。

「小夏、そういうことはやめなさい、お行儀が悪い」

己のなかに湧き起こった妖しい火に気づかれまいと、倫仁はわざと突き放すように言った。

「ごめんなさい、もったいなくて……つい」

しゅんと肩を下げる小夏の姿に、倫仁は自分がひどいことをしてしまった気分になる。

「いいよ、謝らなくて。これから覚えていけば」

「はい、そうします」

「まだ食べるか？」

「はい」

当然のように、口をぱかっと開ける小夏の口元に、今度は杏の果肉が載ったロシアケーキを半分割って差しだす。

「うわっ、口のなかで杏が溶けます」

びっくりしたように言いながら、ロシアケーキを食べる小夏を見ていると、倫仁はさっき彼に情欲を感じてしまった己を恥ずかしく思った。

何て無邪気で、何て幸せそうな表情をするのか。何てあどけなくていじらしいのか。

こんなに愛らしい笑みを穢したくない。他の男たちがどうだったかは知らないが、自分はそうあり

たくない。

「どうしたのですか」

「いや、幸せな顔をするものだなと思って」

「これが幸せな顔ですか？」

「ああ」

「これが幸せな顔か」

「そうだ」

「わかりました。幸せな顔になるときは、甘くておいしい味がするんですね」

納得したように言う小夏の口に、倫仁は残りのロシアケーキのかけらを差しだした。

「やっぱりどうしようもなくかわいいよ、小夏は」

そうしているうちに、車はようやく吉野の邸宅に到着した。

四

白壁に囲まれた広大な敷地の中央に本格的な和風建築の本館。その傍らに別棟になった和洋折衷の新しい建物が建つ。倫仁がここにいるときに日常的に利用するのは、新しくて動きやすいということもあり、別棟を中心としていた。

小夏の部屋もそこに用意するつもりである。

本館の裏を少し進んでいくと、母が療養している離れがあり、その横には稲荷大社の祠のひとつが置かれているが、邸内のあちこちにそうしたものが建っている。

本館の前にある大きな池の脇には、かつて役行者が修験道として利用した地域ということもあり、龍神を祀った御堂や役行者を奉安した建物。

北小路家が弘法大師を開祖とする真言宗《しんごんしゅう》の檀家《だんか》でもあることから、裏山へ進む途中には、大日如来《だいにちにょらい》、不動明王《ふどうみょうおう》、弘法大師等を安置した御堂、奥の院等、どこの寺社にまぎれこんだのかというような敷地になっていた。

「では、小夏に着替えを」

女性の使用人に小夏のことを頼むと、倫仁は母親のもとにむかった。常駐している医師と看護人が倫仁の帰宅を待ってたかのように出迎えてくれる。

「お帰りなさいませ、倫仁さま」

医師の話によると、今、母は薬で眠っているので会うことはできない。

それに病状がかなり進んでいるので、会えたとしても、感染の恐れがあるので、倫仁は硝子ごしにと、父から命令されているとのことだった。

「マスクをつけ、白衣を着ても無理なのか」

母にじかに小夏の話をしたかった。

彼をどうすべきなのか、巫女の一族の一人として神職につけるべきなのか、あるいはふつうの男として暮らしていけるように協力すべきなのか。

だが硝子のこっちとむこうとでの会話は不可能だし、医師や看護人といった部外者の前で彼の話をしてしまうと、いつ力の件が外部にもれるかわからない。

「倫仁さま、お父様から電報が届いていています」

仕方なく別館にむかうと、ちょうど待ち構えていたように使用人の土井《どい》が声をかけてきた。

彼は他の使用人とは違い、常に倫仁の傍らに控える側仕えの使用人で、仕事での補佐もつとめてくれているが、どちらかというと、父からのお目付け役のような存在だ。

倫仁の行動は、逐一、父に報告されているのだ。三十代半ばの眼鏡をかけた無表情の男性で、代々、子爵家に仕えている執事の家系である。彼の父親はずっと倫仁の父の執事をしているので、倫仁の代になったころには、彼が北小路家の執事となっているだろう。

「見せてくれ」

電報の内容はわかっていたが、一応目を通した。案の定、小夏に巫女の力があるかどうかその目で確かめた上で、本物だったときはすぐに東京に連れてこいという旨の電報が、倫仁にだけは理解できるような形で打たれていた。

（つまり小夏と寝て確認しろということか。そして本物だというのが証明されたときは……東京に連れていき、父の褥に送りこめ……と）

ふと、幼い日のことを思いだす。

まだ倫仁が十歳くらいのときのことだ。この本館——寝殿造りになった建物の続き間になった和室の奥、御簾《みす》のむこうで父が母を殴り、罵倒《ばとう》している声。

『霊力を失っただと。巫女の力のないおまえなど、何の価値もない』

母を助けようと、近くの床の間に飾られていた脇差《わきざし》をつかみ、御簾をたたき切って、なかに飛びこんでいったことがある。刀の切っ先を突きつけた息子の腕を、父は勢いよく素手で叩いた。手から一瞬で脇差がこぼれ落ち、腕がじんじんと痺れ、命じられた使用人たちにその場に押さえつけられた。

そこに、新たに巫女の血をひくというほっそりとした巫女姿の女装の男性が連れられてきたのをおぼえている。

そして母や倫仁、使用人たちの前で、父はその男性を組み敷き、朱色の袴を脱がせ、その股間のものを弄《もてあそ》び始めた。

『巫女のなかでも、男巫女は最高にいい。前と後ろ、二度、絶頂を迎えられて、前のときは吉を呼ぶ近い未来を、後ろでは遠い未来を占えるそうじゃないか。しかも孕む心配もない』

父の手のなかで、男巫女が大きく身をよじって絶頂を迎えるさまを、倫仁は使用人たちに押さえつけられたまま、忌まわしい気持ちで見ることしかできなかった。

『あ……ああ……っ……』

どくどくと父の手のなかに射精をしたあと、男巫女は息を喘《あえ》がせながら、小刻みに震える手で倫仁を指さした。

『彼が……あなたの後継者になります』——と言って。

そのときの、男巫女の妖しい笑みが忘れられない。

あの男巫女は何者だったのか。しばらく父の閨《ねや》から、彼の甘い声が聞こえ続けていた。

母はあんな男でも父を愛していたのか、そのころから少しずつ眠れなくなり、身体を弱らせ始め、よく寝こむようになった。その後、男巫女も心を壊し、しばらくすると屋敷からいなくなり、そのあと、父は東京に居続けたのでよく知らないが。

（父は、小夏も……あの男巫女のようにするつもりなのか）

男巫女の下肢を弄び、犯していた父の姿。あり得ない、小夏まであんな目に合わせてはいけない。何としても護らなければ。

「明日にでも本物の巫女かどうかを確かめて、父には報告の電報を打っておく。夕餉《ゆうげ》までに、俺も風呂に入ってくる」

倫仁は電報をポケットに入れ、浴室にむかおうとした。しかし土井がすかさず呼び止める。

「お待ちください」

「どうした」

「私にも倫仁さまと一緒に確かめろという命を受けています。巫女の力は甚大です。危険があっても困りますし、偽物や刺客だということもあります。今夜、本物か否か、巫女の力があるかどうか、確認の儀式を行ってください」

「何だと……」

「今夜、私の目の前で、儀式を行ってくださいと申しあげているのです」

「バカな。おまえの前で、彼を抱けというのか」

「さようでございます」

「バカバカしい。江戸時代の大奥でもあるまいし……第一、他人のいる前で、男と性交するなど俺には無理だ」

「倫仁さまで無理だったときは、代わりに私が実行しろと命じられております」

「――っ！」

「巫女の子には、つい先ほど、催淫《さいいん》効果のある薬酒を呑んで頂きました。間もなく身体に変化が現れるでしょう。おそらく夕餉を食べる余裕もないかと」

「何だと」

「ですから、倫仁さまもその心づもりでご準備なさってください」

眼鏡の奥の冷ややかな眼差し。有無を言わせない口調。親子代々、土井は忠実な北小路家の執事をつとめている。父の話によると、土井の親子は北小路家に必要なことならどんなことでもする、これほど信頼できる使用人はいないとのことだが。

「わかった、いきなりのことで驚いたが、それなら今夜実行しよう。午後十時、全員が寝静まったあとでどうだ?」

「承知いたしました」

深々と土井が礼をする姿を一瞥《いちべつ》すると、倫仁は小夏が案内された部屋にむかった。

(何ということだ、俺ができなかったら、土井がするだと?)

小夏が刺客のわけがないし、あの力がある以上、偽物のわけがない。あの力のことを土井に知られないようにしなければ。もちろん土井の前で、小夏を抱く気はない。

そもそも父のように、そうした行為を己の利益のためにやろうという意識が倫仁のなかには存在しない。

幼いときに見た淫靡な姿が心に引っかかっているというのもあるが、倫仁にとって、誰かを抱くということは美しい行為でなければ許しがたい。

本当に愛しいと思った相手と、互い思いを通じあわせる行為。自分でも青くさい考えだとは自覚している。華族の跡取りでありながら、理想主義的過ぎるとも。

けれどそれだけは譲りたくない。小夏のことを、そういう意味で愛しているかどうかすら、まだ意識したことがないというのに。

いや、いじらしさや愛おしみたいという気持ちは存在するものの、なにより、そういう意味で彼を抱いたりするのは、倫仁の信念に反する。

（それにしても、催淫効果のある薬酒を呑ましたとは……）

彼の状態が心配で部屋のなかに入っていくと、不思議なほど甘い香の匂いがした。

何の香木を焚《た》いているのだろう。

小首をかしげながら続き間になった奥の洋室に行き、見まわす。

すると小夏が丸くなって眠っていた。

といっても寝台の上ではなく、部屋のすみに置かれた二人掛けのソファの端に、小さな身体を縮こまらせて。巫女の衣服は脱ぎ、白い襦袢の姿で。

しっかりと鎧戸が閉じられた窓が、雨風にカタカタと音を立てているなか、大きめの暖炉《だんろ》で薪《まき》がぱちぱちと音を立てて燃えている。華やかな格子天井、壁に飾られた舶来ものの絵画、こんなところにいきなり案内され、さぞ驚いたのだろう。

「小夏……寝台で寝なさい」

小夏を抱きあげると、力を抜いたようにくったりと小夏が肩に頭をあずけてくる。

薄い肩を包みこむように抱き、寝台に運ぼうとしたそのとき、ふっと彼の唇から漏れた吐息が首筋をかすめる。

「ん……」

ロシアケーキの香りか、それとも薬酒の香りか。或《あ》るいは、この部屋全体に漂っている甘ったるい香の匂いか。

なやましい香りが匂いたち、倫仁は全身の血が騒がしくなるのを感じた。

（小夏……）

寝台に横たわらせると、襦袢の下からうっすらと透けて見える乳首はぷっくりと尖り、桜色に染まっているのがはっきりわかった。

彼を穢すものか、という意志の力で、なまめいた情欲が湧いてくる感覚を振りはらおうと、倫仁は浅く息を呑んだ。

真っ白な瑞々しい首筋の、くぼんだ鎖骨のあたりが酒のせいでほんのりと桃色に染まっている。

いや、そこだけではない、ほおも熟れごろの桃のように艶めいている。

上からのぞきこんだだけで、理性を打ち砕きそうになるほどのぞくりとした妖しい衝動が全身を駆け抜けていった。

これは何なのか。

この部屋に催淫作用のある香でも焚かれているのは確かだ。その上、薬酒のせいで、小夏が官能的な匂いをまき散らしているのか。

倫仁はたまらなくなって、衝動のままに小夏の白い襦袢のあわせをひらいた。

「ん……倫仁さま？」

ふわっと彼の首筋から匂いたってくる香り。あきらかに彼の肌から男の本能を刺激するなにかが揺らいでくるのがわかる。

まるでその香りに自身の理性が魂ごと陵辱されているような忌まわしさを感じる。そう、忌まわしいまでに、妖しく体内に蠢《うごめ》く情動……。

「……あの……どうしてこんな……」

上着を脱ぎ、白いシャツと黒いズボンをつけたまま、倫仁は身体で覆うようにのしかかり、彼の首筋に舌を這《は》わせ、性器を手で包んで刺激を与え始めた。

小夏が驚いて息を呑む。上質な絹のようになめらかな肌だった。もっと触れたい、もっと指先になじませてみたいと思うような。

土井の目にこの子を晒《さら》したくない。ましてや父のものになどされてたまるか。ふつふつと湧く独占欲に突き動かされるように、彼の性器を弄んでいく。

「や……ああ……っ」

少しずつ手のなかで彼が形を変えていく。それを実感しながら、倫仁は小夏の胸に唇を落とした。サクランボかグミの実のような小さな乳首。舌先で嬲《なぶ》ると、ぷくぷくとした弾力でもって倫仁の舌をはねかえす。

「や……あ……っあっ」

たまらなさそうに小夏の腰が小さく跳ね、そんな自分の反応に小夏はとまどっているような顔をしている。

あまりに初々しい反応だ、本当にこれまで巫女の子として男たちに奉仕してきたのだろうか。

疑問を感じたものの、そうしていたのかもしれないと考えただけで、いきなり凄まじい焰が腹の底を熱く抉《えぐ》っていくような怒りが広がっていく。

臓腑《ぞうふ》が灼ける。痛い、熱い、苦しい。初めて味わう感覚だった。いったいこの痛みは何なのか。それを振り払うように、倫仁はそのなめらかな皮膚を唇で強く吸った。

「……あ……ぁ……怖……っ……っ」

強い雷に打たれたように小夏がひくりと身体をのけぞらせる。

「いや……どうして……小夏の身体……こんなに……ああ……っ」

あまりの身体の変化に本気で小夏が驚いている。必死にそうした自分のなかの情動から逃げ出したい様子で、小夏が倫仁の肩を叩く。

「……っ……お願い……やめて……怖い……いやっ……怖い……ああっ！」

小夏は懸命に首を横に振って叫び続けたが、なすすべもなく脆《もろ》くも倫仁の手に欲望を吐きだしてしまった。

何てあっけない……と思ったその次の瞬間、倫仁は小夏の姿を見て、心臓が跳ねあがりそうなほどの驚愕《きょうがく》をおぼえた。

「な……っ」

思わず目を疑った。信じられない。彼の耳は三角形をした狐のような耳に変化し、その腰にはふさふさとした丸い尾が生えている。

以前のように錯覚かと思ったが、今度は消えようとしない。どうやら本物らしい。

「おまえ……どうして……そんな……」

部屋全体に漂っているこの甘ったるい香りと、小夏の身体から揺らいでくる香りが見せた幻覚なのか。

(俺は……夢を見ているのか)

倫仁はわけがわからず、呆然《ぼうぜん》と小夏の姿を見つめた。

「本当に狐だったのか?」

そんなわけがない、これは幻覚だ。そう思うのだが、どう判断していいのか。

「小夏……狐です。……八重さんの……子じゃありません」

泣きながら、訴える小夏の言葉に、倫仁は愕然《がくぜん》とした。では彼が今まで言っていたことはすべて本当のことだったのか?

「では巫女として村人に抱かれていたのではなく、本当にお使い狐として働いていたのか」

「はい」

ありえない。

しかし、そうでなければこの現象をどう説明していいのか。

母から、稲荷の神の話や、このあたりに息づく狐の伝説についてはよく耳にしていた。

狐の子が人間に一生懸命尽くしたあげくに殺された話や、実際に、山のなかに九尾の狐のオスが住み着いて、時々、村人との間で揉めている噂も。

だがいきなり狐の化生だと言われ、この現象を見てしまうと、さすがに倫仁でも驚かずにはいられない。土井が案じていたこととは異なるが、これはこれで彼に知られたら父にどう報告されるか。

「…狐だというのは……百歩譲って認めたとしても、どうして人間になったのに、そんな耳や尻尾が生えてくるんだ」

「わかりません……小夏にもわかりません」

なにかの文献で読んだことがある。狐憑きの巫女には、人にはわからない霊力や人智《じんち》を超えた不思議な現象を引き起こせるときがあると。これもそのひとつなのか。

そうだ、そうかもしれない。小夏は感受性が鋭い。狐憑きゆえに、自分を稲荷の神のお使い狐だと思いこみ、薬酒によって、身体のなかのなにかが解放されたせいで、彼の妄想の思いこみがこの耳と尻尾を出させてしまったのでは……。

(多分……そうだ。或いは、催淫作用のある香りのせいで俺も幻覚を見ているのか)

本物の狐というよりは、そのほうがずっと納得がいく。

「……本当なのか、これは本物なのか」

倫仁は思わず小夏の腰に手をまわし、尻尾の生え際をにぎりしめた。

「ああっ……いや、やあ……あああっ」

甘い声が小夏の喉《のど》から迸る。倫仁の手からのがれようと、左右に大きく尻尾が振られたかと思うと、連動したように彼の耳もぴくぴくと動いた。

「怖い……いや……身体……変……怖い」

性器を嬲っていたときのように尻尾の根元をぐりぐりと弄《いじ》ると、いっそう激しく小夏が耳をぴくぴくと震わせる。再び彼の性器が立ちあがり、そこから白い蜜が滴り落ちていく。ぽとぽとと出る雫から揺らぐ甘い匂いに、また倫仁の脳が痺れていく。

「ああっ、ああっ、やあ……ああっ、だめ……あっ……出ちゃう……もうっ」

甘ったるい舌足らずな声が耳に触れると、ますます倫仁の情欲が燃えあがっていく。

「ふ……ああっ……だめ、おかしく……なって……や……っはあ……っ」

驚きと快楽に混乱している。

尻尾をにぎり、ぐりぐりと愛撫を加えてやるたび、首を左右に振り、さらに耳をひくひくと痙攣《けいれん》させ、閉じたりひらいたりとさせている様子が異様になまめかしい。

彼の梨色の肌は、いつしか熟れごろの桃の色に染め代わっている。

そのさまに誘われるように、ひくついている耳をかぷりと甘噛みすると、そこからまた連動して、彼の乳首がぷくっと大きく膨れあがっていった。

耳の根元に歯を立てるたび、乳首がひくひくと震え、彼の性器からもいっそう濃厚な蜜があふれ出て、艶やかな皮膚をぬらぬらと濡らした。

尻尾から耳に、耳から乳首に、そして性器に……と、すべての場所が連動しあって快楽を伝えあっているようだ。

「狐が人間になるとこんなふうになるのか」

「お願い……やめて……こんな交尾……いやです……」

「交尾だと……」

「愛しあってない行為はいけません……小夏は倫仁さまが好きだからこそ」

いけない、俺はなにを……。倫仁ははっと小夏を組み敷いている腕の力を抜いた。その瞬間、ちょうど抵抗しようと、小夏がランプをやみくもに振った。

「あ……っ」

重い衝撃をこめかみに感じ、倫仁は小夏から離れた。激しい痛みを感じ、指で押さえると血がにじみでていた。痛みをこらえ、倫仁が顔をあげた瞬間、「ごめんなさい」と叫んで小夏はランプを落とし、

襦袢をはおって勢いよく寝室の外に飛びだしていった。

「小夏、待て、待つんだ」

叫んだ瞬間、ランプで打ったところが激しく疼き、倫仁は顔を歪めた。

今、後ろ姿を見たとき、彼は耳も尻尾もなかった。やはり幻覚なのか。彼は何者なんだ。

「……小夏……」

立ちあがり、廊下に出ると、窓がばたばたと風に打たれる音が聞こえてきた。と同時に、番犬たちの吠《ほ》える声。

はっとして角を曲がると、廊下の突き当たりの窓がひらいている。とっさに身を乗りだし、倫仁は外をのぞいた。激しい雨交じりの烈風が顔を叩き、外は真っ暗でなにも見えない。

駄目だ、危険だ、こんなところから外に出てしまったりしては。

倫仁はあとを追いかけるように、その窓から外に出た。


「く……何という雨だ」

外は大雨になっていた。家中の明かりをつけ、屋敷のどこかに彼がいないか確かめる。真っ赤な紅葉をぐっしょりと濡らしている冷たい雨に吉野の山は靄に包まれていた。

吐く息は白く、雨は触れただけでぞくっとしてしまう冷たさだった。このなかを襦袢一枚の格好で、小夏はどこに行ったというのか。

（さがさないと。この雨だ、そう遠くには行けないはずだが）

いったん邸内にもどり、倫仁はコートをはおった。

「倫仁さま、一体、どうされましたか」

奥から現れた土井が声をかけてきた。

「連れてきた少年が出ていってしまった。山にむかったのだと思う。今からさがしてくる」

土井が倫仁の腕をつかむ。

「お待ちください、それなら警察に連絡して山狩りをさせましょう。今夜は嵐になります」

「駄目だ。警察のなかにも反対派の者がいる。俺がまずさがしに行く」

「ですが、倫仁さまの身になにかありましたら」

なおも腕をつかむ土井のほおを、倫仁はぴしゃりと手で叩いた。

「おまえが呑ませた薬酒が原因だ。いったいどのくらいの量を呑ませたんだ、それにあの部屋の香りも」

でなければ、自分が忘我の状態で、小夏を襲うなどあり得ない。そうだ、だからこそ彼の耳や尻尾を見るという幻覚にも襲われたのだろう。こちらの意図していることがわかったのか、土井は倫仁から手を離し、ふっと口元に歪んだ笑みを浮かべた。

「気づかれましたか？」

「俺をその気にさせるために……あんな真似を」

「巫女の力を確認して欲しかったのですが……」

土井のそのがっかりとした様子に、かっと倫仁の頭に血がのぼる。思わず彼の首をつかみ、倫仁は鋭利な眼差しで土井をにらみつけた。

土井がはっと息を呑む。めったに感情を面に出さない倫仁が、初めてあらわにした激しい怒気に驚いたのだろう。それまでしらっとしていた土井の表情が一変する。

こめかみをひきつらせている土井に、倫仁は険のある低い声で吐き捨てた。

「次に同じことをしたら、殺すぞ」

「……」

「二度とするな。たとえ父の命令であっても、側仕えなら、まず自身の主人に忠実であれ」

「申しわけございませんでした。以後、気をつけます」

「父には、すぐに電報を打っておいてくれ。父の望みの者は見つからなかった。彼は偽物、八重の息子ではなかった、と」

「……承知いたしました」

「明日の昼までにもどってこなかったら、警察に連絡して捜索隊を出せ。それまでは待て」

「承知いたしました。このあたりの山は深うございます。天隠村付近で、また水害が起きたという報告もあります。どうかくれぐれもお気を付けくださいませ」

「ああ、わかっている。俺を誰だと思っているんだ」

背をむけた倫仁に、土井が後ろから声をかけてくる。

「申しわけございません、お忙しいときに。ひとつだけ教えて頂けないでしょうか。さっきのはどちらへの怒りですか?」

倫仁は首をめぐらした。どちら? 香によって倫仁の情欲を煽《あお》ろうとしたことか、それとも小夏に薬酒を呑ませたことか——ということか。

「そんなこともわからないのか。側仕えとして失格だな」

「申しわけございません」

「答えをさがしておけ、俺が帰るまでに。正解なら引き続き、俺のそばに。誤答なら、父のところに行け」

倫仁は傲然《ごうぜん》と告げると、カンテラを手に小夏をさがしに出た。

建物の外はいっそう激しい雨風が吹き、コートが風を孕んで大きくはためいていく。

遠くのほうで瓦《かわら》の割れる音がした。母が療養している離れの屋根瓦が烈風によって吹き飛ばされたのだろう。邸内の敷地に番犬として飼っている紀州犬三頭を庭に放った。

「いないのか」

犬たちとともに子爵邸の敷地内をさがしてみたが、彼の姿はない。

やがて白王丸《はくおうまる》という名の犬がしきりと吠える一角にむかうと、獣道の手前のぬかるみに小さな人間の足跡のようなものが残っていた。

「よし、じゃあ白王丸、一緒に小夏をさがしてくれ。雨のなか、悪いが、頼んだぞ」

声をかけると、ワンっと大きな声で返事をし、巻き上がった尾を大きく振りながら、白王丸が夜の細い獣道を縫うように進んでいく。

そのあとに続くように、栃《とち》や桂《かつら》の巨大な古木がうっそうと乱立し、野草が伸び放題に伸びている細い道へカンテラを提げ、分け入っていった。

倫仁の頭のなかはまだ混乱していたが、今はあれこれ考えるより小夏をさがすのが先だ。

やがて吊り橋の手前までくると、白王丸が足を止めた。

大きな渓谷の断崖から、むかいの断崖へとかかった古い吊り橋が大きく風に揺れている、その中央に小夏の姿があった。切り立つようにそびえる山のむこうに天隠村がある。車や馬だと、倫仁の吉野の別邸からはいったんふもとに降りて下市を通って遠回りしなければならない。だがかつて修験者たちのように、この吊り橋を通って獣道を進んでいけば、下の道路を通るよりもずっと早く着く。

カンテラの光では、目を凝らさなければわからないほどの暗闇ではあったが、時折、上空で光る稲光が吊り橋にいる小夏の姿を浮かびあがらせていた。

「白王丸、もういいから、おまえは屋敷にもどれ。ありがとう、助かったよ」

倫仁は吊り橋の手前にいる白王丸の頭を撫でた。キュンと声を出し、ぺろりと倫仁の手の甲を舐《な》めたあと、白王丸は元来た道をもどっていく。

倫仁は手すりをつかみ、風に煽られないよう気をつけながら吊り橋を前に進んだ。

さっきよりも雨が強くなり、視界もままならない。手すりは縄でできていたが、橋自体はもっと丈夫なロープで固定され、足下は思ったよりもしっかりしていた。

だが前に進むたび、その振動で橋全体がゆらゆらと揺れ、不安定な状態になっていた。

「小夏……大丈夫か」

強い雨の飛沫を浴び、今にもそこから飛び降りそうな儚げな風情で小夏がうつむいている。尻尾も耳もない。やはりあれは幻覚だったのか。

黒いコートを脱いで倫仁は上から覆うように彼にかけてやった。

「すっかり冷えているじゃないか、風邪をひくぞ」

「さあ、帰ろう」

「いやです……小夏……身体がおかしくなるの……怖いです」

「あれは自然の変化だ。俺だって同じように変化する」

「倫仁さまも、お耳や尻尾が出てくるのですか？」

ということはあれは香が見せた倫仁の脳内のみの幻覚ではなく、現実に起きたことだったのか？

わからない。しかし少なくとも、倫仁の脳が催淫作用によって勝手に見てしまった幻覚ではないことは確かということか。

「人間でも、お耳や尻尾が出るんですか？　感じると……お耳だけじゃなく、下のほうもおかしくなりました。倫仁さまも……ですか？」

そんな質問に答えている余裕などないのだが、彼を説得しなければという気持ちから倫仁はうなずいていた。

「似たようなことになる。だから怖がらなくていい」

「本当ですか」

「ああ、だからこちらにきなさい」

倫仁は手を差しだした。しかし小夏は倫仁を見あげたあと、一歩二歩とあとずさる。

「どうしたんだ、何でそんな顔をしている」

風が強くなり、雷光があたりを明るくする。さぁっと稲光が照らしだした小夏の玲瓏とした顔は、この場で思わず抱きしめたくなる美しさと愛らしさをたたえていた。

彼が妖怪変化《ようかいへんげ》であるはずがない。きっとさっきのは薬酒のせいだろう。狐憑きと言われるのは、そうした潜在意識が生みだす変化を知らず示してしまうせいだ。

「倫仁さま……小夏が狐だと……信じてなかったんですね」

泣きそうな顔で小夏が呟いたとき、再び真昼のように明るくなったかと思うと、轟音を立てて天から大きな稲妻が落ちてきた。

吊り橋が大きく揺れて傾き、小夏の身が滑り落ちそうになる。

「小夏っ！」

とっさにカンテラを川に投げ捨て、倫仁は小夏を抱き止めていた。カンテラが一気に川底へ落下し、小さな光の点となって消えていく。

「倫仁さま、火がっ！」

小夏の叫び声にはっとふりむくと、吊り橋のたもとにそびえていた杉の木から焔が吹きあがり、幹が真っ二つに割れていた。

このままだと燃えた杉の幹が吊り橋の上に落ちてくる。そうなったら吊り橋は燃え、ふたりとも谷底に落下してしまう。

素早く倫仁は小夏を抱きあげ、杉の木とは反対側の橋のたもとにむかって進んだ。

邸宅とは反対方向で、もどるのに遠回りしなければならないが、あちら側にもどるとふたりとも死んでしまうだろう。大きく揺れ動く吊り橋。杉の木からぱらぱらと火の粉が落ち、手すりの麻のロープが燃え始めている。風雨は更に激しさを増しているが、杉を燃やしている焔は消えそうにない。

ちょうど吊り橋を渡りきったその次の瞬間、杉の幹が倒れ、橋が燃えながら谷底へと落ちていった。

「——っ！」

ふりむき、倫仁はため息をついた。小夏は倫仁の胸にしがみつき、震えている。

「無事だったか」

「ありがとう……ございます」

小夏が小声で呟いたとき、再び雷光があたりを明るく照らした。ますます雨が激しくなったせいか、ふたりともずぶ濡れである。

このままだと、一緒に凍死してしまうだろう。

「この先に……天隠神社の奥の宮があったな」

「奥の宮まではけっこう距離があります。でもこの近くに……修験小屋があります。鍾乳洞の近くに修験者が寝泊まりする小屋があって……確か囲炉裏《いろり》もありました」

「それならちょうどいい、案内してくれるか」

「はい」

深い山の奥は、進めば進むほど気温が下がり、全身が凍えて冷たくなっていく。

頭上から音を立てて落ちてくる激しい雨。それでも巡礼路になっているので、祠や水飲み場といった道しるべのようなものがあり、道に迷うことはなかった。

このあたりの道のことは、倫仁よりも小夏のほうがずっとくわしい様子だった。

「思い出しました倫仁さま、この先の道は、大雨のとき、川のように水が流れ落ちてくる場所なので危険です」

天高くそびえる木立。つづら折りになった険しい坂道。ばたばたと木々の幹や枝に叩きつけられる雨音が不気味なほど山全体に轟いている。進めば進むほど雨が激しくなり、ふたりの全身は雨と泥にまみれ、水を含んだ衣服が次第に重くなっていく。

カンテラを落としたので明かりはない。あたりは真っ暗な状態で、木に手をついて手さぐりで進むことしかできない。なおも雨は沛然《はいぜん》と降り続けている。頭上で雷が光るたび、かろうじて自分たちがどんなところにいるのか見ることができた。

古くから、このあたりは龍神や蛇《へび》を水の神として祀っているが、帰省するたび、その水の量の多さ、山の深さ……といった、原始的な野生の濃さに圧倒されるような感覚を抱く。

「……倫仁さま、あそこに行きましょう。近道になります」

「ああ」

激しい豪雨が全身を突き刺し、ぬかるんだ土に足をとられて滑りそうになる。昔から知っている地域だ。それだけに大雨が降ったとき、このあたりがどんなふうになるかわかっている。

そのとき、雷雨を遮断するほどの、ドンっという大きな音が響く。ぱっと光った稲妻によって、一瞬、目の前に巨岩が落ちてくるのが見えた。

「あ、危ないっ！」

倫仁は小夏を庇うようにして岩から免れる。このままでは帰れなくなるかもしれない。ふとそんな恐怖を感じた。それと同時に、この山のふもとにある天隠村が気になった。

この様子だと、また天隠村では川が氾濫していることだろう。

下のほうの山の一部に危険な箇所があったが、地面ごと崩れて川をせき止めていなければいいのだが。村民たちが無事かどうか。

「――倫仁さま、大変です。水があんなに！」

小夏の叫び声にはっとした。

閃《ひらめ》く稲光が鍾乳洞の前にある滝壺《たきつぼ》を照らした。

泉のように水があふれている。そこから鉄砲水となって落ちてくる流れに、道は完全に水没していた。

荒々しく波打ちながら、泥や土砂を含んで流れてくる。

「ああっ」

そのとき、小夏が足を滑らせ、倫仁の腕からすり抜け、鉄砲水に奪われてしまう。とっさに倫仁は近くにあった木の枝をつかみ、彼の身体が流されないようその手首をつかんだ。

「小夏っ！」

駄目だ、すごい水の勢いだ。まだ轟音を立てて、上流から泥水が流れ落ちてくる。雷の閃光《せんこう》が視界に浮かびあがらせるさまは、巨大な龍か蛇が地面をうねりながら這って、自分たちに襲いかかろうとしている光景にも見えた。

神罰か——？

巫女の子を穢そうとしたことへの。いや、あれは龍でも蛇でもない。神罰でもない。小夏を穢そうとした己の罪悪感が生んだ幻影だ。

（それだけではない。そのことへの罪悪感だけではない）

以前に同じことがあったのだ。濁流に奪われそうになった誰かの手を必死につかんだことがあったはずだ。

（あれは誰の手だったのか）

思い出せない。だが、神罰という言葉に倫仁は既視感を抱いた。

そうだ、誰かが流されそうになっているのを、自分は助けられなかった、それで神罰が下された

――という記憶だけが倫仁のなかに残っていた。それをふいに思いだしたのだ。

「くっ……」

だからつかんだ手を離してはいけない。

そんな思いが衝《つ》きあがり、倫仁は必死になって小夏の身体をひきあげた。

「はあ……あ……っ」

大きく息を喘がせ、倫仁にしがみつく小夏。その身体を胸にひきよせ、倫仁はたまらず掻きいだいていた。

(よかった、今度は救えた。今度は助けることができた)

誰なのかおぼえていないが、昔、誰かを助けられなかったのだ。

自分が手を離したのは、誰だったのか――。

曖昧な記憶の輪郭を確かめようとしたそのとき、小夏が倫仁の腕のなかで声をあげた。

「倫仁さま、このすぐそばです、ちょうど水の流れの反対側に修験小屋があります」

小夏の声に、倫仁ははっと我にかえった。

「倫仁さま、あそこです。あそこに避難しましょう」

「ああ、急ごう」

強烈な雷光が閃き、鼓膜を引き裂くようなすさまじい轟音が反響する。

「ああっ！」

道から滑り落ちそうになった小夏を、倫仁は強く腕にかかえ直した。

「小夏っ！」

小夏の身体を抱きあげたそのとき、鍾乳洞の脇から雪崩のように土砂が水の勢いに負けて崩れ落ち、目の前に山ができていた。

さっきの鉄砲水に小夏が流されていたら、この土砂の下に――と思うとぞっとする。

倫仁は息を呑んだ。

自然の、この恐ろしさ……。

しっかりと見て、自分のなかに刻んでおこう。この山の荒々しさ、水の力がどれほど巨大なものなのか、を。やはりここにダムは必要だ。人間が手を加えて、人の住む場所を護っていかないと悲劇を生んでしまう。


古びた小屋の戸を開け、なかに入る。真っ暗なのでそこがどうなっているかはわからないが、なかに雨が入ってくることもなく、天井から雨だれが落ちてくる様子もなかった。

「よかった、雨がしのげる」

倫仁は小夏を板間に座らせた。

修験僧たちが泊まりこんでいるときに使用する荷物をとりだしたかったが、どこにあるかわからない。

天井を叩く雨の音に圧迫感を抱きはするものの、雨宿りができる場所があったことに、倫仁はほっと息をついた。

さっきよりは回数が少なくなったが、なおも雷が鳴り続けている。

それでもその光のおかげで、小屋のなかがどうなっているのか何となく把握できた。

小さな囲炉裏を取り囲むように板が敷かれ、そこに藁《わら》が積みあげられている。

壁際には、修験者たちが頭につける頭襟《ときん》、それから身につける鈴懸《すずかけ》と袴、その下に着る白くて短い着物と脚絆《きゃはん》が何枚か置いてあった。他にも法螺貝《ほらがい》や金剛杖《こんごうづえ》、八目草鞋《やつめわらじ》や錫杖《しゃくじょう》が無造作に積まれている。

「よかった、行者の装束が置いてある。この白い着物を借りよう。小夏、濡れた着物を早く脱いで、乾いたものを着るんだ」

乾いた着物を小夏の肩にかけると、倫仁は手探りでとった行者装束を手ぬぐい代わりにして彼の髪をぬぐい始めた。

「倫仁さま、よかった、あそこにマッチがあります」

「え……見えるのか」

「はい、小夏は目がいいですから。マッチで囲炉裏に火を点《つ》けます」

小夏はマッチを擦り、囲炉裏にあった薪に火をつけた。すぐにあたたかくはならなかったが、ふわっと小屋のなかが明るくなり、ほんの少し互いの姿を確かめることができた。

「すみません……小夏が吊り橋に行ったから……こんなことになって」

「謝らなくていい。おかげでこのあたりの水害の恐ろしさを改めて実感できた。幼いころの記憶があまりなくて……はっきりとは思い出せないんだが、さっき、流されそうになった小夏を助けたとき、自分が水害を憎むようになった原点をうっすらと思い出したんだ」

「昔の記憶がないのですか」

「八歳くらいまでのことを殆ど覚えていない。なにかの神罰だと言われていたが、何となくそのときのことが甦ってきたよ。俺は……人柱にされた少年を助けようとして、神罰を受けたことがあったのだと」

さっき、龍神か蛇に襲われるような錯覚が見えたとき、以前に同じようなことがあった……そんな既視感を抱いた。確か幼いときに、ものすごい水害に天隠川の下流一帯が見舞われることがあり、誰かを人柱にしようという話がもちあがったのだ。

このあたりでは、昔から水害は龍神の怒りだと思われていて、人身御供《ひとみごくう》を捧げることで、その怒りを鎮める風習があった。陰陽五行説をもとに、火の力を持った男の子を人身御供にするようにという巫女のご神託があったのだが、ちょうど倫仁がそれに当たった。

だが父が許さず、別の誰かをさがしだして人柱にしようとしたのだ。

自分のせいで他人の命が奪われるのはおかしい。

そう思った倫仁は、川に投げ入れられた子供を助けようとしたのだ。

だが結果的に助けることができず、それを止めようとしたために、さらに水害がひどくなったと言われ、倫仁はそれまでの記憶を失って——なにもかもが神罰だと言われて。

「完全には思い出せないんだが、人柱を立てるようなことはしたくないと強く思った記憶だけは甦ってきた。人々を水害から護りたいというのもあるが、なにより人柱を立てるような、そんな悲劇を起こしたくないと思った……そのときの思いが自分の始まりだった。改めて、自分の仕事を果たさなければという強い意欲が湧いてきたよ」

ずっと忘れていたはずの記憶。自分と母の前で、父が男巫女を犯していた記憶もそうだ。小夏と出会ってたから、それが次々と思いだされていく。

「……小夏もダムは必要だと思います」

「いいのか、その代わりおまえの村を沈めることになるんだぞ」

彼の様子を案じながら呟くと、小夏は淡くほほえんだ。

「小夏は神さまのお使い狐だったころ、この世界の自然はすべて神が造ったものだから、従い、畏《おそ》れながら敬うべきものであり、あるがままのほうがいいと思っていました。人柱も聞いたことがあり、哀しく思っていましたが、それは神への畏敬の念の現れとして、そういうものが行われても仕方ないと思って疑いもしませんでした。だから最初はダムを造る意味がよくわかりませんでした。人間が自然を支配しようとしているようにも感じました」

薪が燃えるにつれ、小屋のなかが少しずつ明るくなり、小夏の透明感のある綺麗な顔を赤く染めていく。

「でも倫仁さまの話を聞いて、一緒に生きていくために、手を加えることも大事なんだと思うようになりました。村人は、いつも水害を怖がっていました。その恐怖がなくなったら、みんな、うれしい顔をすると思います。だから小夏もそうして欲しいと思っています」

彼は、村人たちが言うような形で、ふつうと違うわけではないと思った。

子供のままの頭脳から成長していない——と、村長夫妻が語っていたが、そうではない、むしろかなり鋭く、カンもよく、頭の回転も早い。

最初に会ったときからそういうふうに感じてはいたものの、改めてこうしていると、彼の明晰《めいせき》さと同時に、その心のまっすぐさ、考え方の美しさに胸が打たれる。

一緒にいるだけで、魂が安らぎ、優しくあたたかい空気によって身体中が浄福感に満たされていくのを感じるのだ。

（こんな人間がいるなんて。神か仏……いや、菩薩《ぼさつ》のよう……とでもいうのか）

一緒にいればいるほど幸せな気持ちになり、知れば知るほど愛しさが募る。

「ありがとう、小夏。おまえもそう思ってくれてとてもうれしいよ」

彼の濡れた髪をぬぐおうとすると、反対に小夏が布をつかんで倫仁の髪にそっと手を伸ばしてきた。

「倫仁さまもどうか濡れた身体を拭《ぬぐ》って、早くあそこの乾いた着物に着替えてください」

「小夏、おまえのほうが冷えている。おまえが先に」

「いえ、小夏は狐なので少しくらい平気です。倫仁さまこそ」

そう言いながらも、小夏の手はがちがちと震えていた。

「小夏……いいんだ、自分のことを狐なんて言わなくても」

「小夏は本当に狐ですから」

にっこりと微笑するあどけない顔は、ウソをついているようには見えない。

（自分のことを狐だと思いこんでいるから村長夫妻は、少しおかしい、子供のままの頭脳という言い方をしたのか？）

狐憑きの巫女の血をひいているだけの、心の綺麗なふつうの少年。

むしろそうであって欲しいと思う。

でなければ、小夏の存在は多くの人間たちの我欲によって、利用されてしまうだろう。

「倫仁さま、傷痕が。ごめんなさい、これ、さっき、小夏がつけてしまったものですね」

倫仁のこめかみに触れ、小夏は申しわけなさそうな顔をした。

「ああ、だけど、謝ることはない。これはおまえに悪さをしようとした俺への神罰のようなものだから」

まだ痛みは残っている。雨だけでなく、泥水も浴びてしまった。帰宅すると、すぐに消毒しなければ。だがこの痛みは自分への戒めだと思っている。雨に打たれ、身体から香のもたらす催淫効果が薄れてしまったせいか、倫仁は改めて己の行動に恥ずかしさを感じていた。理性をなくし、欲望のままに小夏をいたぶろうとしてしまったとは。

「神罰なんかじゃありません。早く治さないと、化膿《かのう》してしまいますよ。泥のなかには、怪我をひどくしてしまうものがいっぱい含まれていますから。今、治します」

小夏は倫仁のこめかみに手を当てた。

「え……」

ぼぉっと手のひらから伝わる熱に、倫仁は眉をひそめた。

一瞬でそこから痛みが消えていく。小夏が手を離すと、手首の傷同様に、そこにあった傷口自体が消えている。倫仁は驚きに目を見ひらいた。

「小夏の手は……薬草の力がなくても傷を癒やせるのか？」

くぐもった声で問いかけると、小夏は「はい」と笑顔でうなずいた。

「どうしてそんなことが……。狐憑きの巫女にはそんな力もあるのか？」

稲荷大社や天隠神社の巫女は、このあたりに朝廷があったころ、吉兆を占い予知をしたり、神の声を聞いたりして、仕える者に幸運をもたらすと言われてきた。だが、病気や怪我を治したということは聞いたことがない。

「これは巫女の力ではありません。小夏が死返玉をもっているからです。だからお母さんの病気も治せるんです」

「死返玉だと？」

死返玉は吉野の南朝とは関係がない。古代に蘇我《そが》氏が滅ぼした物部《もののべ》氏の祖神と関係があると文献に出てきていたと思うが。

さほど日本史にはくわしくないのではっきりとはわからないが、あとで文献を調べよう。

「どうして死返玉を小夏が……。小夏は物部氏と関係があるのか？」

「いえ……あの……ものの……という氏のことはわかりませんが、小夏が死んだとき、稲荷の神さまがかわいそうに思って、死返玉のかけらを食べさせてくれて、それからお使い狐として働くようになったんです」

確かに彼はふつうではない。薬草を使ってこの手の傷を治したときも驚いたが、薬草もなにもなく、ただ手のひらを当てただけで、傷を治してしまった現実。

これをどう捉《とら》えればいいのか。

（……この傷を治す力は小夏の妄想なんかじゃない。俺自身が経験したことだ）

それにさっきの彼の身体。耳と尻尾が出てきたのはどういうことなのか。あれは霊力ゆえに、狐憑きの症状のひとつとして出てきたものではないのか？

そのとき、ふと小夏の顔が青ざめていることに気づいた。冷たい雨に長時間打たれたせいか、血色が悪くなっている。

「小夏、いやでなかったら、俺によりかかって。すっかり冷たくなって。俺も服を脱ぐ。互いの肌であたためあおう」

「いやだなんてとんでもない、うれしいです。反対に、倫仁さまが小夏を嫌いになるんじゃないか心配で」

細い肩をすくめ、不安げに言う小夏に、倫仁は小首をかしげた。

「どうしてそんなことを」

「小夏の……あの姿を見て、倫仁さま、すごく驚いていたから」

「あの姿というのは、耳と尻尾か？」

「小夏もびっくりしました。人間になったのに、いきなり狐だったときみたいに、お耳と尻尾が出てきて」

「あれは、おまえが呑んだ薬酒のせいだ」

「薬酒？」

「ああ、俺が母親のところに行っている間に、使用人からなにか呑まされただろう？」

「はい、身体があたたかくなるからと甘いお酒を」

「それのせいだ、その薬酒のせいで、自分は狐だと思っているおまえの潜在意識が、ああいう形となって出てしまっただけだ」

「そうだったのですか。よかった、薬酒のせいで。小夏、倫仁さまにお耳を嚙まれて、気持ちよくなって、変な声を出したり、あそこからどろどろとしたおしっこをお漏らししたりして、すごく恥ずかしくて」

「小夏、あれは、おしっこじゃない。おまえの身体が大人だという証拠、つまり大人が気持ちよくなったときに出てしまうものだから」

「あ、じゃあ、アレがアレなんですね、よかった、小夏も大人だったんだ」

「え……」

「繁殖の時期、大人になった動物のオスがメスと交尾をするとき、ぴゅっぴゅっと出しているものです。確か、人間は繁殖のためだけではなく、愛の行為を営むときに同じことをすると教わりましたが、小夏の身体も成熟していたんですね。子供のときに死んじゃったから、子供のままだったらどうしようと思っていましたが」

やはり少しふつうとは違っているが、特殊な環境で育ったのでしかたないだろう。むしろそんなふうに口にする彼の様子が愛らしくて抱きしめたくなってくる。

「そう、人間にとって、あれは愛の行為のとき、気持ちよくなって出してしまうものだ。だから気にしなくていい、誰にでもあることだから」

「じゃあ、倫仁さまも……誰かを愛するときに出すんですか？」

「そういうことになるな」

「よかった、じゃあ変な子だって嫌わないですよね」

「バカだな、嫌ったりするわけがないだろう」

「本当ですか？」

外で光った雷光がうっすらと小夏の顔を照らしだす。

何て愛らしい眸をしているのだろうと思った。光を吸いこんだ蜂蜜色の眸は、ただただ倫仁を慕っている。何の混じりけもなく、澄みわたり、倫仁を好きだという想いにあふれているのがはっきりと伝わってきて、たまらなくなってきた。

どうしてこの少年を嫌いになれるだろうか。あまりにも無垢で、あまりにもまっすぐで純粋で、ただ倫仁のためになにかしたいという気持ちしか持っていないのに。

「むしろおまえのいじらしさに愛しさをおぼえそうになるくらいだ。何て愛らしい、何て美しい魂の持ち主なのか、何てかわいいやつなのかと」

「倫仁さまが小夏に？」

「ああ」

「それは……愛の営みがしたいって意味でですか？」

「まだ会ったばかりだ。そこまで発展していない。でも小夏のことを抱きしめて、触れていたいと思っている」

「それは小夏の正体を知った上でですか？」

正体――つまり彼が思いこんでいる狐を指しているのか。

「ああ、小夏が何者であろうと」

「うれしいです、小夏、人間になってよかったです。倫仁さまのおそばにいられるだけでも幸せなのに、倫仁さまが小夏のことをかわいいって想ってくれるなんて。ああ、感謝しないと、人間にしてもらえたことに」

両手をあわせ、小夏はこれ以上ないほど満たされた表情でほほえんだ。

顔色がよくならないので早く休ませないとという心配もあったが、その笑みがあまりにも幸せそうなので、もう少しこのまま彼と話をしたいと思った。

「小夏……」

倫仁は彼の肩をひきよせた。

薄い肩、なめらかな皮膚。また妖しい気配にさいなまれそうな予感もするが、衝動に流されるような形での行為はしない、絶対にさっきのような真似はするまいと心に決めていた。

「おまえは……どうしてそんなに俺に惹《ひ》かれるんだ」

なにかが足りないのはわかるが、基本的にその頭脳は明晰だ。明晰すぎるほどに。

「小夏は……倫仁さまほど、優しくて素敵な人を知りません。倫仁さまが子供だったときから、神事で弓を放たれる姿が本当に素敵で、大好きだったんです」

倫仁は、武道全体において師範の腕前を持つ。とくに弓は得意で、全国大会でも優勝しているのだが、それもあって、毎年、弓道による神事をまかされていた。

「そう言ってたな。ずっと昔から俺を見ていたと」

「はい、小夏のいた場所からでも、倫仁さまの弓を射る姿を見ることができましたから。毎年、倫仁さまの矢に、心を強く射抜かれるような気持ちになりました」

「小夏のいる場所?」

小首をかしげた倫仁に、小夏はくったくのない顔で言った。

「天隠神社の、奥の祠です。その前にある狛狐の石像が小夏だと言いましたよね」

天隠神社の本殿の裏の森に、小さな祠があり、その前に小さな古めかしい狐の石像がある。赤い前掛けをした、小さな愛らしい顔立ちの。

（小夏は自分のことをあの石像だと思いこんでいる……なぜだ……）

その小さなほおを手で包みこみ、倫仁はいぶかしい気持ちで彼を見つめた。

こんなにやわらかくて、こんなにすべすべとして、こんなに愛らしいのに、どうして石像などと思いこんでいるのか。

「その狛狐がどうして人間になったんだ？」

「倫仁さまに会いたかったからです」

「待て……狛狐がそんな簡単に人間になれるものなのか」

「ええ、簡単ではなかったです。最初はふつうの狐の身体も持っていませんでしたから。こんなふうに話すどころか、コンコンと鳴くこともできなかったです」

小夏はうつむき、両手をあわせながら言葉を続けた。

「毎日毎日、祠にお祈りにくる皆さんの願い事を叶えたいなと思っていました。でも石だから、なにもできなくて、それを哀しく思っていたら、お稲荷の神さまが、小夏はとてもいい子ですね、それならお使い狐にしてあげましょうと言って、真夜中に二時間だけ、小夏を本物の狐にもどしてくれたんです」

「もどしてということは、以前は本物の狐だったのか？」

「はい、平安時代になる前くらいは、本物の狐でした」

「小夏はそんな昔から生きているのか」

「人間から叩かれて、動けなくなって死んじゃいました。そんな小夏をかわいそうに思って、稲荷の神さまが死返玉のかけらを食べさせてくれて生き返りました。でも死返玉が小さすぎて、石像にしか宿れませんでした」

よくわからない話だが、ということは、小夏は自分が奈良時代くらいから生きていて、そのあと、ずっと石の像として据えられていたと思いこんでいるわけか。

（おもしろい妄想だ。なかなか凝っている。それに自分で自分のことを神さまから褒められたと自画自賛するところが無邪気でかわいらしい）

この子は本気で自分が狐だと思っている。

だとしたら、その思いこみにつきあったままでいたほうがいいのかもしれない。倫仁や端から見ればおかしな思いこみでも、小夏の心のなかでは真実となっているのだろうから。

「それで、おまえは弓道をしている俺を好きになって、人間になったわけか」

「いいえ、今みたいに好きになったのは弓道のときじゃないです。小夏が悪い狐だと勘違いされて、猟銃で撃たれたとき、倫仁さまが助けてくれました。三年前です。そのとき、小夏は倫仁さまに恋をしました」

「撃たれた？」

「はい、ここです」

小夏は鎖骨のあたりを指さした。

確かにそこには銃で撃たれたような痕跡《こんせき》が残っている。

（三年前、俺が彼を助けただと？）

倫仁は小首をかしげた。

確かに一度、死にかけていた子狐を助けたことはある。

人柱になった子供を助けられなかった記憶が身体のどこかに残っていたのか、無意識のうちに、川に流されている子狐を救わなければと思って行動したのだ。小夏は村人の誰かからあの子狐の話を聞いて、それが自分のことだと思いこむようになったのだろうか。

「では、鶴《つる》の恩返しではなく、子狐の恩返しといったところか」

「はい、でも小夏は倫仁さまに正体を知られても姿を消しません。生きているかぎりおそばでお役に立てたら幸せです。何でも言ってください、何でもします」

本気でそう思っているらしい。

正直なところ、自分を狐だと思っている彼の妄想には困惑をおぼえてしまうが、あまりにも一途であまりにもまっすぐな彼の眼差しに、こちらの胸のほうが見えない矢で射抜かれてしまったような気がする。

「わかったよ、ありがとう」

「倫仁さま、喜んでくれるのですか」

小夏が顔をあげ、また眸をきらきらと輝かせる。

「ああ、ずっとそばにいてくれ」

抱き寄せると、胸のなかで小夏の双眸からつーっと涙が流れ落ちるのがわかった。

華奢で、今にも折れてしまいそうな細い肩が愛おしい。この薄い皮膚に触れると、自分が浄化されていく気がしてならない。彼があまりにも他の人間と違うせいだろうか。

自分を狐だと妄想しているどころか、石像だと思いこんでいる。

それゆえか、人間であることに感謝している姿、倫仁のそばにいられることに痛々しいまでに喜びを感じている。

そのあふれんばかりに喜びを表す姿が生き生きとしてまぶしいのだ。

彼は他人を疑うことを知らない。彼は感謝することしか知らない。彼は喜ぶこと、幸せだと思うことしかない。そう、彼には負の感情が存在しない。

それが倫仁にはどうしようもなく心地よいのだ。

自分の心が負の塊のせいか、自分のまわりにいる人間がすべて我欲や名誉欲にとり憑かれているせいか、小夏の無垢さに触れていると癒やされている。

だから彼はこのままでいい。自分を狐だったと思いこみ、人間になれたことに感謝している狐憑きのままでいい。彼が人間として足りないものがあり、欠落していることの代わりに、おそらくその霊力があるのだろう。

自分を狐だと思いこんでいるあまり、薬酒によって潜在能力が解放されたとき、歯止めが利かなくなって耳と尻尾が出てしまったのだろう。

昔からそういう話を聞いたことがある。蛇に憑かれると、身体に鱗《うろこ》のような模様が出てしまったとも、タヌキに憑かれると大酒飲みになるとも。

(……だめだ……深みにはまりそうだ)

ひたむきなまでにまっすぐに思われていることに、幸せな気持ちを感じる。このまま一気に彼に惹かれてしまいそうな自分が怖い。

「小夏……」

この情愛にも似た気持ち。芽生え始めたばかりのものではあったが、近いうち、この感情が激しい焔のような愛に変わるだろう。

そんなはっきりとした予感を抱きながら、激しい雨が降り続けるなか、倫仁は小夏の身体を強く抱きしめていた。

五

その夜、小夏は夢を見た。叩きつけるように雨が降りしきる修験小屋のなか、倫仁の腕にくるまれて眠りながら。

夢のなかで誰かが泣いている。

小さな男の子だった。

場所は、天隠神社の本宮とされている、吉野の稲荷大社。奥深い霊峰を背に、樹齢何百年かの大木に抱かれるような場所に広がっている境内に神社の社殿が建てられている。朱塗りの古めかしい鳥居をくぐりぬけ、朱色の灯籠がずらりと両側に並んだ階段を数百段のぼっていったところにあった。

『助けて。怖いよ、いやだ』

その境内をひきずられるようにして、荒々しい男たちに腕をひっぱられていく白っぽい髪の小さな男の子の姿があった。

『お願い、やめて、その子を奪わないで』

泣き叫んで追いかけていく巫女装束の女性——八重だった。

『人柱を立てて龍神さまの怒りを抑えないと。昨年のあの水害を覚えているだろう。川に流され、隣の集落があった場所が丸ごとなくなって、谷になってしまったんだぞ』

村人達が白っぽい髪の小さな少年を川に投げ入れる。

そのときだった。

『やめろっ、やめるんだ！』

叫び声をあげ、川に飛びこむ少年の姿があった。あれは倫仁だった。

『おにいちゃん……おにいちゃん』

伸ばした手に必死にしがみつく白い髪の少年。

だが、すぅっとその手が力尽きたように倫仁から離れ、川のなかに吸いこまれていく。

『実っ、実――っ！』

叫び声をあげる倫仁。その場面はそこで途切れ、次は川が氾濫して田畑や家が流され、ひとつの山が消えていく姿が見えた。

天隠村の下流付近の一角だった……。

『おまえのせいだ、おまえが人柱を助けようとしたから、川の神がお怒りになったんだ！　せっかくおまえの代わりに人柱にふさわしい少年を見つけたのに。その神事を邪魔して』

激しく父親に殴られている倫仁。彼を庇おうとした母親までもが殴られている。

そのとき、倫仁は頭を強く打ち、病院に運ばれて行った。さらに高熱が出て、死線をさまよったあと、目覚めたとき、彼はそれまでの記憶を失っていた。

そんな彼の話を耳にして、八重がおかしそうにあざ笑っている。

『神罰が当たったのよ。ああ、おもしろい、北小路の若さまに神罰が当たったなんて。もっともっと呪われればいいのよ、北小路の人間は末代まで呪われればいい』

泣きながら、嗤っている八重。

（では、八重さんが自分の子供として育てていた実というのは……昔、人柱として川に流されてしまった子なのか？）

わからない。それなら、とうに死んでいるはずなのに。

それなのに、倫仁の父親――北小路子爵はそのことを知りながら、どうしてなおも、八重の子をさがしているというのか。

そんな疑問を感じているうちに、夢のなか、小夏は次の場面に移動していた。

次に出てきたのは、しっとりと花嫁御寮が吉野の里を進んでいく姿だった。

人力車に乗り、白無垢をきた綺麗な女性は、誰なのだろう。

くっきりとした富士額、黒々とした一重の双眸、すっきりとした鼻梁の、ひな人形のような美しさに、草むらのなかから小夏は目を奪われている。

夢のなか、小夏の身体は狐にもどっているようだ。

白無垢の花嫁の前に、紋付き袴姿の凜々しい男性が歩いていく。

『絢子《あやこ》さま、どうぞこちらへ』

その声は倫仁のものだった。彼が手を差しだすと、白無垢姿の女性が人力車から降り立ち、ふたりで並んで本宮大社の鳥居のなかに消えていく。

ゆらゆらと揺れる白い紙垂を太陽の光が煌めかせている。

美しい花嫁と美しい花婿。

その傍らにいるのは、倫仁を殴っていた男性と、見たことのない優美な雰囲気の婦人。

彼らの前で、玉串《たまぐし》を振り、祝詞を告げる神主と、朱色の杯に神酒《みき》を注ぎこむ巫女たち。

その場にいる人々がひそひそと囁きあう声が聞こえてくる。

『北小路子爵家と……伯爵家とでは、格が違いすぎて……絢子さまがおかわいそう。倫仁さまなんてお妾さんの子なのに』

『仕方ありませんわ。北小路家は、ダム事業に成功して今や飛ぶ鳥を落とす勢いのご一家ですよ。和歌と書にしか能のない伯爵家は、格式が高いだけで、今は困窮に貧していますもの。北小路家とご縁を結ばれただけでもよかった』

意味はわからなかったが、近い将来、倫仁はダム事業に成功し、身分が高く、美しい女性と結婚するというのだけは理解できた。

倫仁が誰かと結婚しようとしている。その姿を、小夏は草むらから狐の姿のまま見ている。


あの日から、毎夜、同じ夢を見る。

正しくは同じ夢というのではなく、ひとつひとつの場面が断片的に現れては消え、それをつなぎあわせると、ひとつの物語ができあがっていく。

狐憑きの巫女――八重が陰陽五行説をもとに占いをし、水害を止めるには倫仁が人柱ならなければならないと告げる。それを聞いた倫仁の父親――北小路子爵が憤り、八重を自身の褥にひきずりこみ、そのまま無理やり性交を始めた。

その姿ははっきりと見えなかったが、御簾越しにふたりの身体が重なりあい、獣たちがそうするように、四つん這いになった八重の身体を後ろから北小路子爵が貫き、別の予言をするようにと必死に命じている。だが八重は、どんなに占ってもご神託は変わらない、人柱には北小路倫仁がなる運命だと言い続ける。

結局、たった一人の息子を犠牲にするのを恐れた北小路子爵は、八重が自分の子供を助けたいがために、ご神託を偽り、倫仁の名を出しただけという噂を広めた。

その結果、八重の子——実が人柱になることになり、それを知った倫仁が自分のせいで別の人間を犠牲にできないと言って川に飛びこんでいった。

どうやら、倫仁とその少年は又従兄弟という関係もあり、年の近い親族として親しくしていたらしい。実の弟のようにかわいがっていた少年を自分のせいで死なせてしまった。

記憶を失ったあとも、その心の傷は倫仁の心に深く残ったままだった。

だから川に流されそうになっていた小夏を思わず助けたのだ。

すべて実際に起こったことだった。

その後、八重は北小路子爵に呪いの言葉を遺《のこ》して亡くなった。その後、火災や事故等、まわりに次々と不幸が起こり、神罰だと騒がれるようになったらしい。

神罰を恐れるあまり、因習や風習を壊そうとこのあたりのそうした自然をすべて滅ぼしたいと思って、子爵は自然を破壊する形でのダム建設を進めているのだ。

東京に居続けるのも神罰への恐怖から。ゆえに八重の子が生きているかもしれないという事実を北小路子爵は恐れている。

行方不明になった実が生きていたという、烽火のウソを知らないまま。

もし小夏が本物の、狐憑きの巫女の子だったときは、すぐに始末しろと土井に命じて。だからあの夜、土井は小夏に身体の自由を奪う薬酒を呑ませたのだ。

倫仁が小夏と身体の関係を持ち、そこで小夏が巫女の力を発揮したら、そのまま始末するつもりで。

小夏が実ではなかったため、身体の自由を奪われるのではなく、狐だったときの耳と尻尾が出てしまうというおかしなことになってしまったが。

(でも……どうしてだろう。あの嵐の夜からずっとこんな夢ばかり見ている。そして聞いたことのない人々の心のなかまで見てしまうようになっている)

どうしてなのだろう。

別に倫仁と身体の関係を結んだわけでもないのに、なにか特別な巫女の力を持っているわけでもないのに、どうしてそんな夢ばかり見るのだろう。


「小夏、小夏……大丈夫か」

倫仁の優しい声が耳に響き、小夏ははっと目を覚ました。見れば、小夏を心配そうな顔で見下ろしている倫仁の姿があった。

(夢か……)

小夏はぼんやりとあたりを見まわした。

(ここは……倫仁さまのお家か)

嵐の夜から、半月が過ぎようとしていた。

今、窓の外はうっすらと雪景色に覆われ、静けさに包まれている。

あの夜、嵐はますます激しさを増し、小夏は、生まれて初めて自然の力を怖いと思った。

石像にいたときはそんなふうに感じなかったのに。

滝へと流れ落ちていく水の強さ。大きくうねる川。鉄砲水が泥と土砂を運び、岩をも薙《な》ぎ倒してありとあらゆるものを呑みこんでいく光景。

烈風に川が白いしぶきをあげ、道がなくなっていった。

荒れ狂う山の木々、自然。朝がきても小屋のなかは薄暗く、昼過ぎまで小夏は倫仁の腕のなかでぐったりとしていた。身体が変化したときに、耳と尻尾を出してしまった反動なのか、それ以来、真夜中に身体が狐にもどることはない。ずっと人として過ごしている。

「大丈夫か、身体の具合は」

額に手をあてられ、小夏は寝台のなかでうっすらとほほえんだ。

「あ……はい、大丈夫です」

あのあと、迎えにきた捜索隊に助けられ、倫仁とともに邸宅にもどったのだが、疲れ果てたように小夏は倒れこみ、しばらく高熱を出して寝こんでしまった。

それ以来、眠るたび、ずっとあの夢を見続けている。

ようやく熱が引いたのは昨夜のことだった。

そして昨夜は、新たな光景を見た。それまでは倫仁の過去の夢だったのに、昨夜は倫仁がダム事業に成功し、美しい伯爵令嬢と神前で結婚している夢だった。

(絢子さん……そう、名字はわからないけど、名前は絢子さんだった)

白無垢を着ていた優美な女性。その姿を草むらから見ている狐の小夏。

あれは未来の姿なのだろうか。

だとしたら、小夏は石像が沈んだときに死ぬことはないのだろうか。それともふつうの狐となってしまうのだろうか。

あるいは、ふつうの狐に転生しているという可能性もある。

そんなことをぼんやり考えていると、倫仁が声をかけてきた。

「小夏……食事にしようか」

倫仁が座り、盆に載せた朝食を傍らの机に置く。

五穀粥《ごこくがゆ》と味噌汁《みそしる》、それから生姜入りの甘い葛湯。

「なにが欲しい？」

「葛湯……飲みたいです」

「小夏は、甘いものが好きなんだな。ロシアケーキといい、葛湯といい」

「はい、幸せな気持ちになりますから」

「よかった。じゃあ、飲みなさい」

小夏の身体を抱き起こし、倫仁が葛湯の入った陶器を小夏の口元に運んでくれる。

すぅっと口内に蕩《とろ》けていくあたたかな葛湯。ふわっと生姜のむこうから柚子の香りも漂い、喉の奥に幸せなぬくもりが広がっていく。

「ありがとうございます」

こくこくと葛湯を飲んだ小夏がほほえみかけると、倫仁は深刻そうな顔で問いかけてきた。

「小夏は……不安なことがあるのか、哀しい顔をして」

「え……」

小夏は小首をかしげた。

「意味がわかりません」

「また夢を見ていたのか？　うわごとで……いろんなことを呟いていた」

「え、ええ、たくさん夢を見ました。子供の倫仁さま、あふれる川、泣いている八重さん……その夢の続きです」

小夏の言葉に、倫仁が眸を昏くする。

「その夢のことは……言わなくていい。すべて過去に起きたことだ」

「あ、でも今度は未来の夢も見ました」

「未来だと？」

「倫仁さまは、絢子という名前の女性と神さまの前で結婚していました」

「絢子さまと？」

「絢子さま……という方に心当たりがあるのですか？」

すごく美しい人だったと思う。ひな人形をもう少しくっきりさせたような美貌で、御神酒の入った杯に添えられていた、細くなよやかな指先が印象的だった。

「絢子さまというのは、父から縁談を持ちかけられている華族の女性だ。俺など比べものにならないほど身分の高貴な女性で……。彼女と結婚すれば、俺は政財界でものすごい後ろ盾を手に入れることができる」

「彼女と結婚したいのですか」

小夏は問いかけた。

「華族である以上、する、しないは、俺の気持ちでどうなるものでもない」

「すごくご立派な結婚式でした。倫仁さまのお父さんも、その横にいる猫のような目をした美貌のご婦人もすごく喜んでいました」

「猫のような目……ああ、父の正妻のことか」

「では、いずれ彼女と結婚するのですね」

小夏はふわっと笑った。すると倫仁が奇妙な顔をする。

「どうしたのですか」

「いや、泣きそうな顔をしているから」

「変ですよ、笑っているのに？」

「そうだな、変だな」

くすっと笑ったあと、倫仁は小夏の肩に手を伸ばして背を抱きしめた。

「まさか……おまえに未来を占う力があったとはな。本物の実ではないはずなのに……」

「小夏もびっくりしています」

「その夢のなかに……小夏の姿はあったのか？」

問いかけられ、小夏は草むらにいた小さな狐のことを思いだした。あの狐は小夏だと思う。けれど今思うと、肩に傷はなかった。

（ああ、そうか。やっぱり小夏は、ダムの底に沈んで……次に別の狐に転生したんだ、きっと。それ

で前世の記憶をたよりに、倫仁さまの結婚式を見に行ったんだと思う）

倫仁はあの女性と結婚する。

だとしたら、小夏に対して命がけの愛を誓い、愛の営みをしてくれることはない。

だからこそ小夏は人間にはならずに、狐に転生しているのだ。

けれど、それでは烽火のかけた呪術はどうなったのだろう。

そんな疑問が残るが、それもまたいつか夢のなかで知るかもしれない。

「あ、そうです、夢のなかに小夏の姿もありました。結婚式に参加していました」

狐の姿で……と、これまでのように何でも正直に言うことがなぜかできなくて、小夏ははしょった部分だけをほほえみながら言った。

「じゃあ、ずっと俺のそばにいるわけだ、おまえは」

目を細め、倫仁はそっと小夏の額にくちづけしてきた。

「これって……本当の未来の夢でしょうか」

「父に祝福されるなんてまっぴらだが……おまえが予知したのなら、そうなるだろう」

あまりうれしそうではない倫仁の様子に、小夏は小首をかしげた。

「倫仁さま、絢子さまを好きではないのですか？」

「好き？」

「だって結婚するじゃないですか」

「さあな。まだ会ったこともないのだから」

昏い眸。時々、彼は昏い眸をする。再会したときに感じた違和感と同じもの。

「結婚……いやなのですか？」

「そうだな。絢子さまは関係なく、父がすすめてきた縁談に乗っかって、おまえの夢のなかで結婚式をあげている自分に虫ずが走るだけだ」

「ごめんなさい、小夏は……そんなつもりはなくて」

「おまえが謝る必要はない。俺が憤りを感じるのは……俺自身だ」

うつむき、ため息をつく倫仁に、小夏の胸は強く痛んだ。

「あの夜、おまえを抱いて眠っているときに思いだしたんだよ、失っていた記憶を」

「……っ」

「おまえが見ている過去の夢と……多分、俺も同じ夢を見ている。おまえの霊力のせいなのか、それとも俺のなかの記憶がおまえに流れこんだのか」

「それは……小夏が一緒に眠ったせいですか？」

「わからない、ただおまえが実ではないこともはっきりわかったし……俺は自分がどうしてダム建設にここまで必死になっているのか、その理由も再確認した」

「倫仁さま……」

「あのとき、父を許せない、そう思った。この手から、又従兄弟の小さな手が離れていった瞬間のあの胸の痛み。怒り。だから力が欲しかった」

倫仁の心が泣いている。夢のなか、泣いている少年を抱きしめたいと思った感情と同じように、小夏は倫仁を抱きしめたくなった。

「小夏……」

小夏は倫仁のほおを両手で包みこみ、その唇を吸った。

「じっとして。あなたの傷を小夏にください」

息を吹きかけるように。身体の傷や病気を消すことと同じように、彼の心の傷を治せないだろうか、そんな祈りをこめて。

「ん……っ」

やわらかく、ただ触れあわせるだけのものだった。

触れあう皮膚と皮膚。そこが熱をもったようにあたたかくなり、彼の心が流れこんでくる気がした。

(大好きです。どうしようもないくらい大好きです。こうしているだけでとっても幸せです。だからください、小夏に傷を全部ください)

気がつけば、小夏は倫仁の唇を割って、その口内に自分の舌をさまよわせていた。

一瞬、ぴくりと倫仁は驚いたように肩をふるわせたが、目を閉じて、愛しあう者同士がするように小夏の舌に舌を絡めてきた。

「ん――んんっ」

舌と舌が絡まるにつれ、どんどん倫仁の心が小夏の内側に入ってくる。

彼の心が泣いている。その涙を受け止めたいと思った。

それが自分にとってとても幸せなのだと。そうして彼の痛みがすべて流れこんだあとは、ただただ優しい甘さだけがふわっとそこから伝わってくる。

どんな葛湯よりも、どんなロシアケーキよりも甘くて美味しい。

「……ん……んんっ」

そして甘い幸福感と一緒に、今度は心から小夏のことを慈しもうとしている倫仁の心が入りこんできて、胸の奥がちりちりとした甘い痛みにつぶれそうになった。

「あ……っ」

倫仁のほおから手を離し、小夏は自分の胸を押さえた。

どうしたんだろう、この手のひらの下がおかしい。ちくちくと痛いような、きゅんきゅんと押さえ付けられような、むずむずとむず痒いような、ぴりぴりと痺れているような。

「……あ……」

この胸の甘苦しい痛みの意味がわからなくて、口をぽかんと開けたまま、倫仁を見ていると、彼はくすっと笑って、小夏のひたいにまたくちづけしてきた。

押し当てられる唇から、すぅっとあふれそうなほど優しさが伝わってくる。

「不思議だな、おまえは心の傷まで癒やせるのか。一気に心のなかの痛みが消えて、代わりにがんばろうという強い意欲と、生きていく喜びのようなものが湧いてくる」

その倫仁の言葉にうれしくなり、小夏は目頭が熱くなるのを感じた。

「愛してます、倫仁さま。あなたの傷は小夏が全部もらいます。だから、いっぱいいいっぱい喜んでください。いっぱいいいっぱい幸せになってください」

「小夏……」

愛しくてたまらないような眼差しを彼がむけてくる。

「愛してます、大好きです」

自然とそんな言葉と笑顔が出てきた。

好き、恋しい、そんな感情よりももっと大きな感情。愛、ものすごく深い愛が自分のなかにあって、彼が幸せになることにどうしようもないほどの幸せを感じている自分がいる。

「ありがとう、小夏。神に感謝しないとな。おまえがそばにいてよかった。長年の夢を果たすとき、おまえという存在が俺のそばにいてくれて」

「小夏も感謝しています。倫仁さまが喜んでくれることに。倫仁さまのそばでお役に立てていることに幸せを感じています」

精一杯の笑顔で言って、その胸にもたれかかると、倫仁が背にまわした腕で強く抱きしめてくれる。

どうしたのだろう、こうしていると、今度は力が抜けたようになって、くったりと倫仁によりかかることしかできない。

「どうした、小夏……また熱が出てきたのか？　しっかりしろ、しっかりするんだ、小夏」

芯がなくなった案山子《かかし》のようにがくっと彼の腕のなかに倒れこんだ小夏の身体を、倫仁が心配そうに揺する。

（大丈夫ですよ、大丈夫……小夏は幸せすぎて、力が入らなくなっているだけです。多分、幸せがいっぱい過ぎて、その幸せのなかに溶けてしまっているんです、だから起きあがれなくなってしまっただけです、本当に本当に幸せなんですから）

倫仁の腕のなか、そう口にしたいのに、どうしてか力が入らない。

どうしてなのだろう。だんだん意識が遠くなっていく。外はしんしんと雪が降っている。寒いせいだろうか。いや、そんなことはない。倫仁の腕はとてもあたたかい。彼の心があたたかくて、小夏の心もあたたかさに溶けて動けなくなってしまったのかもしれない。

「大丈夫……です」

小夏は笑顔を見せながら、倫仁の腕のなか、深い眠りに落ちてしまった。


それからどのくらい眠り続けたのか。鎧戸のすきまから雪明かりが部屋のなかに入りこんできたとき、小夏は目を覚ました。

自分を包みこむように抱きしめ、倫仁が添い寝をしてくれている。ぐっすりと眠っている倫仁の吐息。ふと唇を近づけようとしたとき、小夏は自分の身体が狐にもどっていることに気づいた。

（あ……烽火さんの呪術がもどったんだ）

なつかしい狐の手足だった。

久しぶりすぎて少し違和感を抱いていると、ふさふさとした狐の毛の感触が心地よいのか、倫仁の手がすっぽり小夏を抱きしめ、ふわふわとした毛にほおずりしてくる。

（かわいい、倫仁さま。もっとほっぺですりすりして欲しいな）

身体をすりよせていくと、寝息を立てながら、倫仁が愛おしそうにほおを寄せてくる。

ふかふかとした小夏の毛を彼が気持ちよく感じている。

それがわかってうれしくなってきた。自分のふわふわとした毛が彼にぬくもりを与えている。今、狐の自分が彼に心地よい眠りを与えている。

（稲荷の神さま……素敵ですね、大好きな人に幸せを運べるって）

倫仁の腕のなかで丸くなりながら、小夏は心のなかで稲荷の神さまに話しかけた。

（小夏は、とってもうれしいです。大好きな人が造る場所に沈むことも、最後にこうして悔いのない毎日を過ごしているのも）

だけど、聞いてください。

稲荷の神さま、小夏はこれまで本当の意味で人間の心がわかっていませんでした。

みんなのために、お使い狐として働いていたのに、あまりよくわかっていませんでした。

自然のなすがままのほうが良いことだと思っていました。この世に自然しかないのなら、それでいいのでしょう。けれどそこに人間が暮らし、たくさんの動物が暮らし、生きていくために、倫仁さまは小夏のいるところに、豊かなダムを造ろうと考えてます。

よりおいしくなるため食べ物に太陽の恵みが多すぎてもだめなように。この地域に水が多すぎないように、この地域から二度と八重さんや実さんのような存在を出さないように。誰も犠牲にしないために。

だからダムを造りたいと願っている倫仁さまの生き方を、小夏は以前よりももっともっと好きになりました。この人を好きになって本当によかったと思いました。雪が降って、桜が咲いて、そして桜が散るまでの時間、小夏は多分世界で一番幸せな生き物だと思います。

（でも小夏は、倫仁さまと愛の営みをして、本物の人間になりたいとは思いません。それよりも、小夏の生きている間に、彼の心の傷を全部小夏がもらって、彼のお母さんの病気を全部治したいです。そんなことができる自分にとっても喜びを感じています）

愛の営みは誰でもできることだけど、これは小夏にしかできないことだから。

稲荷の神さま、小夏は本当に幸せですね。

そんなふうに心のなかで囁きながら、倫仁の腕に包まれ、刹那、小夏は狐の姿のまま、幸せな眠りについていた。


それから狐にもどることはなかったが、なぜか身体が衰弱し、小夏はしばらく寝こむ日々が続いた。

あの日、濃密なくちづけをして倫仁の心の傷をもらってからは、どういうわけか、彼の過去や未来の夢を見ることはなかった。

ただただ薄い水色の水の底でふわふわとたゆたっている灰色の石のかけらが見える。

それから、新緑の山々を水面に映しだした美しい水の上で、ゆらゆらと揺れている狛狐のときの首につける赤い前垂れが波間に浮かんでいる。

（ああ、あれは小夏の未来だ。倫仁さまのダムのなかに小夏が溶けている）

その夢のなかでは、小夏は生まれ変わっていない。魂のない器が水の底で少しずつ壊れかかっているだけ。赤い前垂れに誰かの手が伸びていく。大柄な男性の、長い指がその前垂れを水面から掬いあげる。あれは誰だろう、そう思ったとき、水面に男の顔が映りこんだ。

そこにいたのは、人間の姿をした烽火だった。

生まれ変わって、倫仁の結婚式を見ている狐の自分。

魂を烽火にあげて、この世から消えて、魂の入っていた器だけが朽ちていく姿。

果たしてどちらが自分の未来なのだろう。そんなふうに思いながら、寝こんでいるうちに、吉野の山にはしんしんと雪が降り続け、年末が近づくにつれ、窓の外の風景は一面真っ白になっていた。

倫仁はダム工事の仕事を着々と進めているらしく、時折、関係者の人たちが邸内に訪れていたが、たいていは本館のほうで用事を済ませているようだった。反対派の人達がデモをするような声も聞こえてきたが、小夏のいる別館からかその様子が見えることはなかった。

冬至《とうじ》の朝、ようやく起きあがれるようになった小夏は、倫仁に頼んで、彼の母親のところに案内してもらうことにした。

「起きあがれるようになったばかりなんだから、そんなに無理しなくてもいいのに」

「でもここにきて一カ月以上経つのに、小夏は、まだ倫仁さまのお母さんの看病をしてません。それがしたいんです。でないとここにきた意味がありません」

倫仁は、明日、ここを発ち、東京にもどることになっている。

その前に小夏は彼の母親に会いたかった。

「だが、弱っているときに母の看病なんかして、おまえにも結核が移ったら……」

倫仁は小夏の体調のことをすごく心配している。人間になってまだうまく体調の管理ができないのか、小夏はここにきてからずっと寝こんでしまっている。そんなふうに気にかけてもらえるなんて、申しわけないけど、とてもうれしいと思ってしまう。けれど自分の体調のせいで彼の眸が曇ってしまうのが残念に思え、小夏は精一杯元気な声で言った。

「小夏は、とっても元気ですよ。基本的に狐なので、人間の病気が移ることはありません。ほら、ぴょんぴょん飛ぶこともできます」

寝台から下り、襦袢姿で飛んで見せた小夏を見て、倫仁は苦笑を浮かべる。

「わかった、よかったよ、元気になって。そうだ、小夏、これを。巫女服もかわいいが、女の子じゃないんだから」

倫仁は風呂敷包みを机に置き、そこから三枚の着物をとりだした。

冬用のあたたかそうな着物だった。

一枚目は、紺色の布地に白い兎と月の模様が入っている。

二枚目は、黄土色の布地に、赤と茶色の格子柄が入ったもの。

三枚目は、赤茶けた布地に、金魚の絵柄と、金魚鉢の刺繡《ししゅう》が入った美しいものだった。

「まだこれくらいしか用意できなかったが、京都から着物の布をとりよせ、小夏用に仕立てさせたんだ。よかった、東京にもどる前に間にあって。寒くないように、同じ柄の綿入りの羽織《はおり》とさらには同色の半纏《はんてん》と、メリヤスの肌着、足袋《たび》もあるから。外出するときは、こっちのあたたかな白いコートと襟巻き、手袋を使うといい」

「え……これ、小夏のために?」

驚いて目をぱちくりさせると、倫仁は少し口の端を歪めて笑った。これは彼がちょっと自慢をしているときの顔だ。

「どれも似合うと思うけど、気に入らなかったか?」

心配そうに問われ、小夏は大きくかぶりを振った。じわっと両目に熱いものが溜まり、ぽとぽとと音を立ててほおに流れ落ちる。

「……うれしいです。小夏……着るものなんて何でもいいのに……こんなにかわいくて、こんなに素敵なものをいっぱいいっぱい頂いて……うれしくて困ります」

手の甲で目をぬぐいながら、ぐすぐすと鼻水をすすっていると、そのうちの一枚、兎と月の模様が入ったのを手にとり、倫仁が小夏の肩にかけた。

「母に会うなら、落ち着いた色がいいだろう。先にメリヤスの肌着をつけて、それから羽織をはおって、あとは襟巻きもしたほうがいいな」

メリヤスのあたたかな肌着、あたたかな生地の着物、それから綿の入った半纏。なにもかもが夢ようで、小夏は着替えている間もずっとひくひくと鼻をすすっていた。

「ほら、ちゃんと鼻をチンして。かわいい鼻が真っ赤になってるし、鼻水も垂れてるぞ」

ハンカチーフをわたされ、小夏は困ったような顔で泣き笑いしながらチンと鼻をかんだ。

そして顔を洗ったあと、着物の上からふわふわの白い襟巻きをして、小夏は倫仁のあとをついて、彼の母親がいるという奥の離れへとむかった。外は肌を刺すような冷たい空気に包まれていた。吐く息は白く、じっとしているとぷるぷると身震いしそうなほどだった。

「寒いか？」

「あ、いえ、平気です」

「具合が悪かったら言うんだぞ」

「もうすっかり元気です。いっぱいいっぱい雪を集めて、雪だるまを作って、倫仁さまのお母さんの病室に届けることもできますよ」

「いいから、そんなことまでしなくても。また具合が悪くなるぞ」

「平気ですよ、小夏、ちょっと寒いのが苦手なだけで」

ふたりでそんな話をしながら、雪の積もった敷石の上を歩いていく。別館の背には小高く険しそうな岩山と赤土の小さな双子の山があり、先日、小夏はその間を抜けてあの吊り橋に行ったのだ。あの大雨で地盤がゆるんだらしく、春になったら補修工事を行う予定になっているとか。

真っ白な庭のなか、赤い椿《つばき》と白い山茶花《さざんか》が雪をまとって咲いている。石造りの灯籠や龍神を祀った祠も雪に覆われ、不思議な世界に迷いこんだような気がしてくる。

時折、冴えた横笛のような鹿の鳴き声が山全体に響き渡るのもまた楽しい。

「寒いのが苦手なら、雪だるまなんてとんでもない話だ。小夏は部屋であたたかくして、本でも読めばいい。午後は仕事相手がくるので一緒に遊べないが、夜は双六《すごろく》でもするか？　明日からはもうしばらく一緒に過ごせないから」

「倫仁さま、双六、弱いじゃないですか。小夏は、それよりも御本を読んで欲しいです」

具合が悪かったとき、軽く楽しめるようにと寝台に横たわったまま双六で遊んだり、カルタをして遊んでくれたりした。それから倫仁はよく小夏の枕もとで本も読んでくれた。

小夏の知らない世界の話をたくさん。

「小夏は……ジュール・ベルヌの本が好きだったな」

「はい、海の底のお話、知らない島に行く子供たちのお話、八十日間で世界を一周するお話……小夏が知らない場所のお話を聞くのが大好きです。多分、一生、海なんて見ることがないから」

白い息を吐きながら、小夏は奥に見える大峯連峰に視線をむけた。

海……長い間、生きてきて、小夏は海というものを一度も見たことがない。いろんな人たちの言葉から耳にしただけだ。湖の何百倍もの大きな水が広がっていて、大きな船が通っている。それから川の水がすべて流れこむ場所。あとは、しょっぱい味がするということくらいしか知らない。いったい見わたす限りの湖のような場所というのはどんな世界だろう。

「海……見たことがないのか？」

「はい、小夏は天隠村から一度も外に出たことがなかったので。今いるここが、これまで行ったなかで一番遠いところです」

「見てみたいか？」

「いいです、見なくても。ここで春に桜を見られたら」

小夏は大きく目を見ひらき、頭上から落ちてくるふわふわとした雪を受け止めるように、両手を伸ばして手のひらを広げた。ただでさえ静かな吉野の山をいっそうの静けさで包みこみ、この世界にいるのは、倫仁と自分二人だけのような錯覚をおぼえる。

「こんなふうに、手のひらに雪を感じるのも生まれて初めてです。吉野の山の雪も一度見たかったので、とってもうれしいです。天隠村から吉野の山は見えないので、昔、行者さんが口にしていた謡《うたい》を聞いて、一度、吉野の山の白雪ってどんなだろうって想像していたんですけど」

いつの時代だったか忘れたが、雪のなか、お詣りに現れた行者の格好をした男性が、吉野の山の白雪という謡を謡《うた》っていたのを何となくおぼえている。

「その謡は、この前、小夏に読んだ平家物語《へいけものがたり》に出てくる源義経《みなもとのよしつね》の恋人の静御前《しずかごぜん》が謡ったものだ」

「そういえば、この吉野には静御前ゆかりの神社がありましたね」

「今度、一緒に行こう。吉野山　峰の白雪　踏みわけて　入りにし人の　跡ぞ恋しき……だろ？」

「はい、そうだったと思います。まだ狛狐だったときに、旅の行者さんが祠の前で、扇子を使って舞っていたんですが、とっても綺麗な言葉だなと思って、小夏、うっとりしていたんですよ」

「そんなにその謡が好きなら、今度、俺が見せてやるよ」

「え……倫仁さま、謡……できるのですか?」

「当然だ、弓道、剣道、華道、茶道、書道、それから謡曲、仕舞《しま》い、鼓、能管《のうかん》、和歌……ひととおりのことはこなせる。どれも師範の免状を持っているぞ。ついでにいうと、西洋のダンスも庭球も、あとヴァイオリンも得意中の得意だ」

「すごいっ、帝大を一番で卒業した上に、そんなことまでできるんですか。かっこいいな。小夏、全部全部見たいです」

「見れるよ、これからずっと一緒にいるんだ、いくらでも」

「……っ」

これからずっと一緒……という言葉に、小夏は口元から笑みを消した。小夏の時間は、桜が散るときまで。全部を見ることはできないだろう。

「……どうした、具合が悪いのか?」

「あ、いえ、全部はちょっと欲張りだなと思いました。どれもこれも知りたいけど、でも小夏は倫仁さまの姿を見ているだけで楽しいので欲張りなことは言いません」

ほほえみながら、小夏は、ふわふわの新雪の上を長靴でとんとんと飛び跳ねながら進んでいった。

「待て、そんなにして、また具合が悪くなったらどうするんだ。ずっと高熱が続いてばかりなんだから。あ、そうだ、小夏も医師に診てもらったほうが……」

「駄目ですよ、小夏は狐なんですから。人間の医者が診ても、小夏のことはわかりません。あのときの、動物のお医者さんのほうがいいと思います。この近くにいる優しい感じのお医者さん」

ふりむき、小夏は白い息を吐きながら笑顔で言った。

「あ、ああ、吉永《よしなが》先輩のことか。そういえば、あのときの狐は吉永先輩に治療してもらったんだった。彼は学生時代の先輩なんだが、狐の生態に詳しいので、怪我をしたあのときの狐を彼にあずけることにしたんだ」

あのときの狐……その倫仁の言い方に、小夏は小首をかしげた。

どうして「小夏」と言ってくれないのだろう。

「あの……倫仁さま……小夏が……」

あのときの狐ですよ……と言いかけたそのとき、ちょうど奥の離れにたどりついた。木造二階建ての建物で、和洋折衷の変わった造りになっていた。

「そうだ、小夏、今更だが、母は、今もまだおまえが八重の子だと思っている。従妹の子がいるなら会いたいと医師に訴えているみたいで。だから偽物だというのは……」

八重の子が生きていたということに、倫仁の母親は喜びを感じて、少しだけ元気になったらしい。なので違ったという真実を知ると、母親の具合が悪化してしまう可能性があるので、八重の子として接して欲しいと、倫仁がたのんできた。

「わかりました。親戚の奥さまだと思って、小夏、甘えますね」

「ああ、そのほうが喜ぶ」

「承知しました、小夏、喜ばれるの大好きですから、がんばります」

にこにこと笑って言うと、倫仁は目を細め、人目がないのを確かめたあと、小夏のおとがいをつかみ、唇に触れるか触れないかでくちづけしてきた。

「……っ」

目をぱちくりさせた小夏の髪をくしゃくしゃと撫でたあと、倫仁は優しくほほえんだ。

「ありがとう、小夏。本当にありがとう」

「何で倫仁さまがお礼を言うんですか。お礼を言うのは小夏のほうです。一瞬でも、親戚ができるって、小夏にとってはとってもうれしいことなんですよ」

大好きな人がいて、偽物でも親戚の奥さまがいて……自分にそんな素敵な存在ができるなんて、ああ、人間になって本当によかったと改めて思う。

それと同時に、烽火のことが胸をよぎり、哀しさに身体の奥が痛くなってしまう。

自分はこんなに幸せなのに、烽火は恋人を失って、倫仁やその父親を憎んでいる。

こんなに幸せな時間をもらったせめてものお礼に、小夏の魂を食べてもらう分にはかまわないのだが、そのときに、小夏の幸せも彼の心に伝わればいいのにと思った。

そう、彼にも幸せになって欲しい……と。

「さあ、小夏、母の病室はあっちだ」

靴を脱ぎ、モロッコ革のスリッパにはきかえ、板張りの廊下を進んで奥へとむかう。

奥の部屋の前で、白衣を着た男性と女性とが小夏と倫仁を待ち構えていた。

「先生、今日の母の具合はいかがでしょうか」

「今日は調子がよろしいみたいなので、特別に面会を許可しますが、倫仁さまは、どうか奥さまのご病気が移らないように……くれぐれも気をつけてください」

「わかってますよ。俺になにかあったら、あなたが父の怒りを受けるってことくらい」

「はい、ですから、本当は許可したくないのですが、今日はお目付役の土井さんが東京にもどられていて、こちらにいらっしゃらないので」

「ああ、新年の行事のため、俺ももうすぐここを発つ。母にはその挨拶《あいさつ》をしたいし、この遠縁の少年のことも紹介したいので」

「わかりました」

「少し三人だけにしてください。気をつけますので」

医師から反対されたが、半ば無理やり倫仁は小夏と病室のなかに入っていった。

「おじゃまします」

広々とした病室の、中央に置かれた寝台に倫仁の母親が横たわっている。

つんとした消毒薬のにおいが漂う。大きな窓からは吉野の連峰をはるかにのぞむことができ、一面が純白の雪に覆われた美しい風景を一望することができた。

「ごめんなさいね、起きあがれなくて。せっかくきてくださったのに」

倫仁の母親が寝台から小声で言う。初対面だが、何度か夢で見たことがあるので初めてという気はしない。儚げで、神秘的で、倫仁の風貌によく似た美しい人だった。結核性のウイルスによる脊椎《せきつい》カリエスをわずらっていて、背中の骨が曲がっているらしい。

「小夏といいます。戸籍上は、実ですが、小夏と呼ばれています」

小夏は倫仁の母親の側に座り、「失礼します」と言ってその背と寝台の間に手を差し入れた。そっとさすってみると、彼女の痛みがそこから伝わってきた。

かなり重い病気だ。身体だけではない、心もたくさん哀しい想いをしてきている。

ああ、どうかこの女性の心と身体が元気になりますように。お願いです、その痛みを小夏にください。小夏が代わりにもらいます。

「……っ……身体が軽くなるわ」

母親が驚いた顔で呟く。小夏は微笑し、彼女の患部を、二回三回……とさすって言った。

「小夏は、死返玉をもっていますから。小夏は病気の人やけが人を助けることができます。生き返らせるのは無理ですけど」

「小夏、そのことは……わかっているけど」

「はい、このことを伝えるのは、倫仁さまとお母さんだけにします」

あと知っているのは、稲荷の神さまと烽火だけ。

そのときだった。ドアをノックする音が響いた。

「倫仁さま、ダム建設の件で、天隠村の役人たちが訪ねてきています。倫仁さまが新年に東京にもどられる前に、直談判したいと」

使用人が声をかける。倫仁は心配そうな顔で小夏と母親を交互に見た。

「大丈夫ですよ、あとは小夏が」

ほほえみかけると、倫仁はポンと小夏の肩をたたき、その場をあとにした。

「じゃあ、再開します」

「いえ、もう必要ないから」

ドアが閉まる音とともに、母親は背中に伸ばされていた小夏の手首を自分から離した。

「お母さん……」

「……小夏さん、あなたは、一体、何者なの？」

静かに、少し険のある声で問いかけられ、小夏は硬直した。

「八重の子供じゃないのはわかっているわ。八重は子供を産めないんだから。一体、何者？　どうしてこんな力を持っているの？」

「それは……」

「女性として届けてはいるけど、生まれたとき、八重は男でも女でもなかった。成長して男性化したけど、うちの家系は、よくそうした子が生まれるの。絶大な力をもってきた巫女は殆どがそうえ……。では、烽火さんが愛したのは……。

「その事実を知ってるのは、私と子爵だけ。あとは八重の褥に通っていた大臣や実業家数人だけど……全員亡くなっているわ」

半身を起こし、しみじみとした眼差しで倫仁の母親は小夏を見つめた。

「では、実という少年は……」

「私の子よ。倫仁の弟。いえ、正しくは八重と同じ。子爵が利用するのは目に見えていたから、死産だったと伝えて、こっそり叔父に、そう、八重の父親にあずけたの。そうしたら、八重が、自分と同じだからと気に入って、自分の子として届け出て。子爵は八重がどこかからもらってきた捨て子だと思っていたみたい。自分の子とは夢にも思わず」

「……っ」

「倫仁には、言わないでね。実が本当の弟だったという真実は……」

話をしているうちに調子が悪くなったのか、母親は咳きこみ始めた。とっさに小夏が彼女の背をさすろうしたが、彼女はその手を払った。

「やめなさい、もういいから」

「でも」

「やめないといけません。私を助けたら、あなたの命が消えてしまいます。他人のために、自分の寿命を削るようなことはやめなさい」

小夏ははっとした。

「わかるのですか？」

「ええ、巫女としての力はなくなったけど、そういうことだけは見えるの。倫仁の傷を治したあと、体調を崩したでしょう？　あなたに触れられて身体が軽くなったけど、その分、あなたの顔色が悪くなっている。これ以上、私の病を吸収すると、あなたの命がなくなってしまう」

「小夏は、それでいいですから。倫仁さまが喜んでくれたら」

「ありがとう、気持ちはうれしいわ、でもあなたが命を削って私を助けようとしていると知ったら、倫仁はひどく哀しむわ」

「え……」

母親は微笑した。完璧なまでに美しい透明感のある笑みだった。

「生命は生まれ落ちたそのときから、いつか死を迎えるものと定められているの。それが生きるってことなの。生物は死にむかって時間を刻んでいるの。逆らう気はないわ」

「いつか……死を迎えるもの……ですか？」

「時々、目を瞑るとね、息子の実と従弟《いとこ》の八重が、あちら側の岸辺から私を呼んでいるの。恨みもなにもかもなく、浄化された笑顔で」

「ふたりは笑顔なんですか？」

「そう、あの世で笑っている。幸せそうだったわ」

烽火にそのことを伝えたい。小夏はそう思った。

「小夏さん、あなたの手、あなたの唇、あなたの吐息には……他人を癒やす力があるわ。死返玉を使わなくても、ふつうの人間にはあなたと触れあうだけで十分に癒やされる」

「死返玉を使わなくても？」

「あなたは神の使いなのね。本当にあなたの魂は綺麗。だからお願い、私を癒やす代わりに、あの子を癒やして」

あの子とは……倫仁さまのことだ。

「約束してね」

母親はそう言うと、疲れたからと言って、ぐったりと床に身を横たえた。思わずその背に手を伸ばしかけたが、彼女が目で拒んだので、小夏はそれ以上の看病はせず、病室をあとにした。

彼女は小夏の力を求めていない。死を受け入れ、その代わり、倫仁を癒やして欲しいと言った。

どうすれば、その言葉に従えるのだろう。

病室を出たあと、小夏はぼんやりとした顔で離れの外に出た。

ふわふわと雪が舞い落ちてくる美しい庭をのろのろと歩き、別館へともどった。少し疲れていた。

何度か、母親の背をさすったときに体力を消耗したらしい。

（お母さんは、小夏の看病はいらないと言った。じゃあ小夏はなにをして倫仁さまのお役に立てばいいのだろう。どうやって倫仁さまを癒やせばいいのだろう）

うつろな気持ちで進み、別館の建物までくると、影から一人の男が現れた。

「あ……」

「久しぶりだな、小夏」

そこにいたのは人間の姿をした烽火だった。彼は村役場の職員の大友という人物になっているのだが、今さっき倫仁のところを訪ねてきていたのは、まさか。

「ダムのことで、倫仁さまを訪ねてきた一行に烽火さんも加わっていたんですね」

彼は子爵や倫仁を恨んでいるはずだが、なにか復讐《ふくしゅう》をしにきたのだろうか。

「反対派の者だ。ダムを造るなと嘆願にきた」

「どうしてですか。倫仁さまは、もう二度と人柱を立てなくてもいいように、自然をできるだけ壊さないような形で、理想的なダムの建設を目指しているのに」

「そのことは、まあ、よしとして、どうしたんだ、顔色が悪いじゃないか。おまえのことだ、どうせ倫仁の母親のために死返玉を使って、体力を消耗したんだろう」

「必要ないと言われました。小夏の看病はいらないと」

「よかったじゃないか。あの女の病気を治していたら、今ごろ、狛狐の石像はばらばらに砕け、おまえさん、完全に死んでたぜ」

「わかってます」

「あいかわらず潔いな、おまえさんは。で、その様子だと、まだ倫仁に抱かれてはいないんだな」

「当然です」

「駄目じゃないか。石像が壊れる前にあいつから愛されないと……おまえさんの魂はこの世界から消えてしまうんだぞ」

「そうなったら、小夏の魂は烽火さんのものになりませんよ？」

「わかってるって。それともなにか、おまえさん、それでもかまわねえのか？」

「ええ。倫仁さまは絢子さまと結婚しますから」

「……っ。それでいいのか？　好きなやつが他のやつと結婚するんだぞ」

「よくもなにも……小夏とでは結婚できませんし、小夏はただこうしておそばにいられるだけで幸せだから。でもなかなかお役に立てなくて……それが申しわけないだけで」

「ホントにバカだな。愛されなかったら、人間になれないんだぞ」

「ええ。烽火さんに魂を食べられるんでしょう？」

「わかってねえって。バカにも限度があるぞ。俺に魂を食べられると、もう二度と光のなかに行けないんだぞ。死んだあと、生まれ変わることもできず、塵になってしまうんだぞ」

おかしな人だと思った。最初にそう約束したのに、ムキになってそんなことを言って。

「わかってますよ。どうか大切に食べてくださいね。それに、小夏は、そのほうがいいと思うんですよ。烽火さんにとっても」

「え……」

烽火は眉間に深々としわを刻んだ。どうしてそんなことをいいだすのかといった表情で。

「今、小夏はとっても幸せなんです。今まで生きてきたなかで、こんなに幸せでうれしい毎日はないんです。今の小夏の魂は、幸せにあふれています。だったら、こんなに幸せな毎日をくれた烽火さんに、小夏の魂を食べてもらうのが一番の恩返しになると思ってるんです。烽火さんも幸せになって欲しいから。あ、ついでにバカも……一緒に移るかも……ですけど」

まっすぐ烽火を見つめ、小夏はふわっとほほえんだ。目を眇め、信じられないものでも見るような眼差しで、烽火は小夏を見つめた。

「変わってるな。やっぱり……稲荷の神さまの使いってのは伊達じゃないわけか」

「え……」

「人間でもない、ふつうの狐でもない。神の目線というのかな。小夏自身が神なのかもな」

「そんな立派なものじゃないです。小夏は、ただみんなが幸せになるのがうれしいのです」

「それがまさに神の視点に近いわけなんだけど……小夏にはわかんねえのかな。俺が絶対に小夏を憎めないのも……そういうとこが原因なんだな」

「烽火さん、小夏を憎みたいんですか？」

「そーゆうわけじゃねえけど……喪《うしな》いたくないって気になるんだ」

烽火は哀しそうな顔でそう言うと、小夏の背に腕をまわし、強く自分に抱き寄せた。何だろう、烽火の心が入りこんできて、胸が痛くなってくる。淋しい淋しいって、彼の心が叫んでいる。

「あの……淋しいって何ですか？」

「え……」

「烽火さんの胸から聞こえてきました。淋しい淋しいって」

ああ、彼に触れているとすごく痛い。烽火も心にたくさんの疵がある。深くて昏くて、大きな大きな疵痕。この疵をもらわないと。でないと烽火が内側から壊れてしまう。

「ください、烽火さんの疵……小夏に」

彼の胸に手をあてたそのとき、後ろから雪を踏みしめる音が聞こえた。ふりむくと、そこに倫仁の姿があった。烽火がはっとして小夏から身体を離す。

「倫仁さま、お仕事、終わったんですか」

笑顔で問いかけるが、倫仁はどういうわけかいつになく険しい顔をしていた。

「その男とずいぶん仲がいいようだな」

「え、ええ、彼には昔からとてもお世話になっています」

「昔からの知りあいなのか？」

「あ……あの……はい」

「知ってるよな、小夏。俺とおまえはずいぶん古くからの知りあいだからな。俺の正体くらい知ってるだろ。俺はダム建設の反対派のリーダーで、村役場の職員だと。そして約束しているんだよな、倫仁さまから愛されなかったときは俺のものになるって」

「——っ！　本当か？」

目をみはる倫仁を見あげ、小夏はこくりとうなずいた。

「え、ええ、彼に食べて頂く予定です」

「俺が駄目だったときは、この男に乗り換えるということなのか」

「はい、あの、乗り換えるという意味はわかりませんが、倫仁さまとお別れしたあと、小夏はこの人のものになる予定です」

「自分がなにを言ってるのか、意味がわかっているのか、小夏」

「はい。桜が散って、ダム建設が始まったら、神社はダムの底に沈みます。だからそのとき、小夏を彼に食べてもらうんです。最初からそういう約束なんです。小夏もそのほうがいいと思うので」

倫仁に無理強いはしたくない。倫仁は絢子という女性と結婚するのだから。

「俺を愛しているっていうのは」

「はい、愛しています」

「だったらどうして……この男のものに……」

混乱している倫仁の肩を、ポンっと烽火が叩く。

「そんなにこいつが好きなら、愛してやれよ。抱けば、こいつはとてつもない力を発揮するぞ。なにせ巫女なんかよりもずっと力のある、本物の狐憑きなんだからな」

烽火の目が妖しく煌めく。倫仁はじっと目を細め、烽火を凝視した。

「試してみろ。一番大切なものが手に入れられる。こいつを真剣に愛し、命をかけても惜しくないと思うほどの真実の愛をこいつに捧げろ。そうなったとき、こいつの霊力が最大限に発揮され、こいつは永遠におまえのものに、おまえは永遠にこいつのものになる」

烽火の言っていることの意味がわからない。倫仁から愛されたら、小夏が本物の人間になる
——ということではないのか。

「だが、どうしてもおまえがこいつを愛さないっていうなら、もともとの約束どおり、こいつを俺のものにする」

その一瞬、烽火の影が人間から九尾の狐に変化した。ゆらゆらと揺れる幾つもの狐の尾そして巨大な体躯と三角形の耳の影。すぐに影は人間にもどったが、視界にそれが入ったのだろう、はっと倫仁が胸ぐらをつかむ。

「何者だ、ただの役人ではないな」

すばやくあとずさり、小夏をいちべつしたあと、烽火が含み笑いを浮かべる。

「まあ、まだ時間はある。俺は小夏がおまえのものになろうと俺のものになろうとどっちでもいいんだ。この先、どうなるか楽しみにしてるぜ。じゃあな」

にやにやと笑いながら言うと、くるりと二人に背をむけた。彼が門のほうに立ち去って行ったのを見届けると、倫仁は小夏の手をつかみ、早足で別館のなかに入っていった。

「あの……倫仁さま……怒ってますか？」

暖炉の火が入った部屋にもどると、倫仁は棚から葡萄酒《ぶどうしゅ》の瓶を出し、一杯、それを飲んだあと、小夏をじっと見据えた。

「あいつは何者なんだ……狐の仲間なのか」

「はい、彼……古くからの知りあいです。小夏を狐から人間にしてくれたんです」

「あいつのものになるって約束というのは？」

「はい、人間にしてもらうときに約束したんです。小夏をあげる約束」

「あいつが好きなのか？」

「はい、好きです」

小夏の返事に、どうしたのか、倫仁は顔をこわばらせた。

「そう……好きなのか」

「はい、好きです。だから小夏は彼に食べられてもいいと思っています。今、小夏は大好きな倫仁さまと一緒にいられてとってても幸せだから、小夏を食べたら、彼も幸せになると思うんですよ」

「本気でそんなふうに思っているのか」

「ええ、本気です。だって彼、触れると、とっても痛いんですよ。淋しい淋しいって言う彼の声が胸に流れこむと、身体の奥が痛くて。このままだと彼の心が壊れそうだったので、少しだけ彼の疵をもらいました。ちょっとだけ。だから少し心の痛みが軽くなっていると思います」

「小夏……」

倫仁が小夏の肩に手をかけて抱き寄せる。そして包みこむように後頭部を抱きしめ、つむじにほおをすりよせてきた。

「淋しさなんて小夏がもらわなくてもいいんだ、淋しくない人間なんていないんだから」

「え……」

顔をあげると、倫仁は哀しそうな顔して小夏を見つめたあと、いつものようにひたいに唇を押し当ててきた。

「でも……倫仁さまの心からは、淋しいって声は聞こえませんでしたから」

そう言った小夏の手首をつかみ、倫仁は自分の胸に押し当てた。ドクドクと伝わってくる振動。けれど心の声は聞こえてこない。なにも。

「俺の声は聞こえないのか？」

「ごめんなさい、倫仁さまの声は聞こえません。倫仁さまも淋しいのですか？」

「いや、今はそうじゃない、でも小夏に会うまで、俺は淋しい男だったらしい。自覚はなかった。ああ、そうか、だからおまえに聞こえなかったのか」

「淋しいって痛くて哀しい感情なんですか」

「人によって違う。あの男がなにに淋しがってるかなんてわからないし、俺も自分が淋しかったことに気づいていなかったし。小夏は……これまで淋しくなったことはないのか？」

淋しくなったこと？

わからない。淋しいという感情自体が小夏にはわからない。それが何なのか。ただ、淋しい淋しいと言っていた烽火の心はとても痛くて、疵だらけだった。

「あの……倫仁さま、さっきあの人が言ってたこと、違いますから」

「言ってたこと？」

「小夏と愛の営みをしたら、いっぱい力を発揮するって。小夏は、八重さんや倫仁さまのお母さんみたいな力はないですし、そういうことではなく、もっと別の形でお役に立ちたいと思って」

「小夏は……俺に愛されるのが……いやなのか？」

まさか。いやではない。きっとそのときは幸せで幸せで、幸せ過ぎて死んでしまいそうなほど幸せになると思う。

「いやではありません。でも倫仁さまは、小夏にはそういうことはしたくないと思っていますよね」

「ああ、反省したんだ、おまえにそういうことを仕掛けた自分の行為を」

ああ、あのときだ。耳と尻尾が思わず出てしまったとき。

「今でも思いだしただけで、自分に腹が立つ。俺は父とは違う。相手に性的な絶頂を迎えさせて、その瞬間の力を利用するなんて……自分の願いを叶えるための性行為なんて最低だ。俺はそんな下卑た真似はしたくない」

その言葉を聞き、改めて自分も愛の行為を求めてはいけないと思った。

（それを求めたら、小夏も同じになってしまう。相手からそういう行為をしてもらって、人間にしてもらうなんて）

自分のために倫仁を利用する形になってしまう。下卑た行為を最も嫌っている相手に、それを求めるような最低なことはしたくない。

それに小夏には確かめたいことがあった。

先ほど、倫仁の母親と話をしたときに、彼女が口にしたことが気にかかる。それに烽火が言っていた言葉も。

烽火がかけた呪術は、果たして彼の言葉どおりなのかどうか。それを稲荷の神さまに確かめたかった。人間になるまで、小夏は烽火がどれほど倫仁たち一家を憎んでいるか知らなかった。そもそも憎しみというのがどんなものかわかっていなかったのだ。

その憎しみだけを糧に生きてきたような烽火が、わざわざ小夏の想いを叶えるために倫仁と結ばれるようにしてくれるだろうか。

こんな疑いを抱くなんて、これまでの小夏にはなかったことだ。だがこの疑いはどうしても晴らしたかった。

（それから……稲荷の神さまに……ごめんなさいと言わなければ。人間にして欲しいからって、稲荷の神さまに何の相談もせず、烽火さんと契約したりして）

あのときはなにもわかっていなかった。ただただ人間になって倫仁さまのお役に立ちたいという気持ちしか。でも結局、何の役にも立っていない。それどころか迷惑をかけているような気がしてならない。

それなのに、たくさん思いやりをかけてくれる。その気持ちがとてもうれしいのに、なぜか胸がちくちくと痛む。

「ごめんなさい、倫仁さま……あの人、あんなこと言ってましたが、小夏には巫女の力なんてありませんから。お役に立てること……全然ないですから」

小夏がいやがっていると思ったのだろうか、倫仁は安心させるように優しい声で囁いた。

「大丈夫。おまえを無理やり犯すようなことはしないから」

誓いを立てるように言って、小夏の顔に手のひらを添えると、倫仁はほおに唇を近づけてきた。軽く触れてくるだけのくちづけ。

優しい唇の感触がうれしくてまた目の奥が熱くなり、ぽろりと涙が流れ落ちてきた。それに気づき、倫仁が心配そうに尋ねてくる。

「どうして泣くんだ。そんな哀しそうな顔をして……なにか哀しいことがあったのか?」

「小夏……哀しそうな顔をしてますか? これは幸せだから出てきたんですけど……」

そう言いかけ、小夏ははっとした。

「これが哀しいという意味なのかわからないですけど……小夏は……お母さんから、看病はいらないと言われました。もうすぐ死ぬのはわかってる、でも看病はいらないって」

「母がそう言ったのか?」

「はい、ごめんなさい、死返玉の力でご病気を治すって言ったのに、結局、治せなくなりました。倫仁さまのお役に立てなかったです。ごめんなさい」

「……いや、母が断ったのなら、なにか理由があるのだろう。自分を責めないでくれ」

「小夏はいっぱいお役に立ちたかったのに」

「いいんだ、なにもしなくて。そう、こうしてくれるだけでいいから。巫女の力も求めていないし、死返玉も求めていない。俺は、ただこうして小夏がそばにいてくれるだけでいい。なにかが欲しくておまえを利用したいなんて思ってないんだ」

小夏の肩を抱き、倫仁は暖炉の前に移動した。そこに敷いたふかふかの絨毯の上に座り、自分の身体でくるむように小夏を抱きしめてきた。

「俺はなにかして欲しいなんて思ってない。それよりも小夏の喜ぶ顔が見たい。なにかして欲しいことがあったら言ってくれ」

して欲しいこと……。

「して欲しいことって、どんなことですか?」

「俺にできることなら何でもいい。俺にできて、小夏にできないことを」

「そうですね……」

小夏はしばらく考えたあと、ぽつりと言った。

「ひとつだけあります。倫仁さまにできることで、小夏がひとりではできないことが」

「ああ、言ってくれ」

「小夏、またロシアケーキが食べたいです。苺《いちご》と杏《あんず》の味のした甘くておいしいの」

「わかった。新年に東京に行ったとき、土産に買ってくる。他にもクルミのくっついたやつやオレンジの味のもあるんだ。山ほど買ってくるから」

「ありがとうございます。小夏、ロシアケーキ、大好きです」

「そんなに気に入ったのか」

「はい、口のなかが優しい甘さでいっぱいになって、倫仁さまといるときと同じ味がするから」

「それから海を知らないと言っていたな。年が明けて、一月の半ばに東京からこっちにもどってくるから、そのあと、紀州の海に連れて行ってやるよ」

「……海……ですか？」

「そうだ、山を降りていった先に、真っ白な砂浜の海岸があるんだ。晴れた日に、一緒に弁当を持って出かけよう」

「お弁当って、お花見でみんなが食べているあれですか？　小夏、食べられるんですか？」

思わず顔をほころばせた小夏の髪の毛を、愛しそうに倫仁がくしゃくしゃと撫でる。

「ああ、なにか食べたいお弁当はあるか？」

「はい、お結びが食べたいです！　小夏、大きな三角形のお結びが食べたいです。こんな大きなのをぱくって一口で食べてみたいです」

手のひらで形を作り、かぶりつく真似をすると、その手をとり、倫仁が小指を絡める。見あげると、絡めた小夏の小指の付け根に倫仁が唇を近づけてきた。

「約束だ。年が明け、最初に晴れた日に、小夏は俺と海に行く。そして白い砂浜で大きなお結びを食べる。いいな？」

「はい、約束します」

同じように絡めた小指の、彼の指の付け根にそっと唇を近づけていく。触れるか触れないかで止めたそのとき、ふいに倫仁の手のひらに後頭部を包みこまれた。

「……っ」

唇をふさがれる。前にしたときと反対だった。以前は小夏から彼の口内に入っていったが、今度は彼の舌先が小夏の唇をひらいて口内に侵入してくる。

「ん……っ……」

唇をふさぎあわせて、舌を絡めあわせて、お互いの息を呑みこんでいく行為。狐の身体だと決してできない、この人間同士のくちづけ。

改めて、人間同士のくちづけは何て甘いのだろうと実感する。

優雅な香りのする熱い紅茶に浸したとたん、なめらかに溶けていく角砂糖のようだ。芳しい香りの琥珀色の液体のなかにじわじわと溶けだし、やがては得もいえない甘さが広がっていくときのような、しっとりと幸せな気持ちになる美味しい味がする。

「ん……っ」

絡めあわせた唇を解くと、また目のあたりが熱くなってきた。

潤んだ小夏のほおを手のひらで包みこみ、今度はまなじりに倫仁が唇を寄せてくる。押しつけられた唇のぐっしょりと濡れた感触に、小夏は自分が泣いていたことに気づく。

「明日から東京に行かなければならない。一月十日過ぎくらいまで半月ほどここを留守にする。使用人には、食事や身のまわりのものを世話を頼んでいるが、ひとりで淋しくないか？」

「はい、小夏、自分で本を読めるようにします」

「誰も屋敷に入れないように厳しく命じておくが……あの男にはもう」

「はい、倫仁さまのおそばにいる間は、彼には会いません」

「母が断ったのなら看病はいいから、代わりに、時々、本でも読み聞かせてやってくれないか。小夏が好きな話でいいから」

「あの……お母さん、もう治療しなくていいと言ったあと、小夏に言いました。代わりに倫仁さまを癒やして欲しいと」

小夏は倫仁のほおに手を伸ばした。

「どうすれば……それができますか？」

倫仁は小夏の手をとり、その手のひらに唇を寄せたあと、優しい笑みを見せた。

「大丈夫だ、もう十分癒やされている。もう十分に満たされているから」

倫仁の囁くような声。小夏の手首をとり、肩を抱き寄せ、身体で護るように抱きしめてくれる。それがたまらなく心地よかった。

うっすらと目をひらくと、ぱちぱちと音を立てて暖炉の火が赤く燃えている。あたたかい空気がそこから揺らいでくる。その焔のぬくもりよりも倫仁の腕があたたかくて、小夏はまた目の奥が熱くなってくるのを感じていた。

どうして今日はこんなに目が熱いのだろう、と不思議に思いながら。

六

年末年始に東京にもどっていた倫仁が吉野にもどってきたのは一月の半ばを過ぎたころだった。

東京ではダム建設のことで話を詰めていたのもあるが、小夏の持っている死返玉というのは何なのか、何人か神職の者と会って、そうした力の持ち主がこの世にいるのかどうか、実例があるのかどうかを調べていた。

だが結局、『旧事本紀《くじほんぎ》』に書かれた十種神宝《とくさのかんだから》以外にそんな話は聞いたことがないという答えしか返ってこなかった。

果たして小夏は何者なのか。八重の子でないのなら、一体、どういう関係で、倫仁のところに現れたのか。

村長が言うには、あの大友という役場の男が、山でさまよっていた小夏を見つけ、社務所に連れてきたらしいが、大友がなにか企んでいるというのはわかる。少なからず彼が倫仁に憎しみのような感情をむけているのも。

けれど小夏は違う。純粋に倫仁を慕っている。彼のその純粋さを、大友が利用して、子爵家になにか仕掛けようとしているというのは予測がつくが、では一体、小夏という人間はどこから現れたのか。

彼は行方不明になった実ではない。八重の血も引いていない。狐憑きの巫女の家系でもないのに、狐のような耳と尻尾が出てしまったのはどういう理由からなのか。

（まさか……彼の言うとおり、本物の狐なのか？　あのとき、俺が助けたあの狐が恩返しのために人間になって？）

いや、いくら何でもそれは考えられない。さすがにそんな話は信じられない。

とにかくもう一度、吉野にもどり、小夏に会ってから、彼の素性を確かめよう。彼が何者でもどこの人間でも、倫仁のなかの気持ちは変わらない。

彼を心の底から愛しいと思う気持ち。それこそたとえ彼が本物の狐で、妖怪のような存在であったとしても。

そんな思いを抱えながら、東京での仕事が一段落したのを機に、小夏への土産物用のロシアケーキをどっさり手にして、倫仁は吉野への帰路を急いだ。

「……小夏の具合はどうなんだ」

子爵邸にもどるなり、倫仁が最初に聞いたのは小夏の体調が悪かったということだった。冬至の日、病みあがりの彼を母に会わせたりして、疲れさせてしまったことを倫仁は激しく後悔した。

「一時は高熱で、意識がもどらないときもありました。弱っている原因がわからず、危篤《きとく》状態になりましたので、倫仁さまにその旨を記した電報を打ったのですが」

医師の言葉に、倫仁は腸《はらわた》が煮えくりかえるような憤りを感じた。

そのことに気づかなかった自分と、側仕えの土井に。

(あいつが俺に電報を見せなかったことはわかっている)

倫仁が父からの命令に背いていると報告していたのはわかっている。

もともと父がダム建設と平行して、実行しようとしていた水力発電所や近代的な工場を誘致する計画を、秘密裏に倫仁は握り潰している。その代わり、地元の有力者と話しあい、このあたりの熊野古道を中心とした美しい景観を崩さない形での、新しいダム建設の計画を進めてきた。

もう今となっては引きかえせない。そのことに気づいた土井は、父にお目付役としての責任を問われる前に、何とか倫仁のダム建設を中止させようと、今、反対派の買収にかかっている。

彼らに倫仁を襲わせたのも土井の仕業だということもわかった。

(おそらくあいつは、小夏の特殊な力にも気づいている)

小夏が倫仁に協力することを恐れ、小夏が危篤だという電報を届けなかったのだ。

（本当は、ぶっ殺してやりたいくらいだ。だが、今はまだ泳がせておかなければ）

彼が誰を買収しているのか、今後どういう計画を進めようとしているのか、きっちりとしたことが分かる前に、彼を糾弾してしまったら、肝心の部分がわからなくなる恐れがある。

（だからといって、それで小夏の命が危うくなるようなことがないようにしなければ）

改めてまわりを警戒する計画を立てながら、倫仁は小夏の部屋にむかった。

「お帰りなさい、倫仁さま、お会いしたかったです」

扉を開けたとたん、赤い金魚柄の着物を身につけ、小夏が倫仁に飛びついてきた。

何て愛らしい。何てかわいいのか。

そう思いながら抱きしめると、その肩が前よりも薄くなっていることに気づく。

小夏は確実に弱ってきている。どうしてなのかわからないが、以前よりも彼の影が薄くなっていることに倫仁はたまらない不安を感じた。

「具合が悪かったと聞いたが、もう起きあがって大丈夫なのか」

「はい、倫仁さまが帰ってくると聞いて、すっかり元気になりました」

身体は細くなり、以前にも増して儚げな透明感が漂っている気がするが、それでも彼のほおが林檎のように紅潮していることに、倫仁は胸を撫で下ろした。

小夏にもしものことがあったら……と思っただけで、倫仁は心臓が抉られたような痛みを感じる。

今回のように長期で離れないようにしよう。そう思った。いつでも護れるように、いつでも抱きしめられるように。

（どうやら……本気で惚れてしまったようだ、このとてつもなくいじらしい男の子に）

こんなに人を好きになることがあるなんて自分でも不思議でしかたなかった。と同時に、小夏を愛しいと思うようになり、倫仁はいかにこれまでの自分が心を殺して生きてきたか実感した。

人間らしい感情が乏しかったのだ。学校でも友達らしい友達もなく、ただ静かに独りで過ごしてきたのだが、一体、自分という人間はなにが楽しくて生きてきたのか。

今では、この目の前にいる存在の笑顔を見るだけで、楽しくてどうしようもないというのに。一緒にいるだけで愚かなほど胸が弾み、触れているだけであたたかな幸せに満たされ、一緒にいる時間が愛しくて愛しくて……どういうわけか怖くなってしまうほどだ。

「心配した、一時は意識をなくしていたと医師が言っていたから」

「ご心配かけてすみません。小夏は、人間になってまだ間もないので、人間としての冬ごもりの仕方がよくわかっていなかったみたいです。でももう元気ですから」

にこにこと無邪気に笑っている。あいかわらず、小夏のまとっている空気はとても透明で綺麗だ。そこにいるだけで魂が浄化されそうな気がする。

東京にもどり、子爵家の行事に参加し、父や正妻、土井といった相手と接し、生々しく汚い現実に触れたせいか、以前よりもずっと小夏のまわりの空気が綺麗に感じられる。

ここがいい。小夏のそばがいい。ずっと小夏と一緒にいたい。

改めてそんなふうに感じながら、その翌日、倫仁は久しぶりに天隠神社へとむかった。

ダム建設の前の、地鎮祭を兼ねた神事を行うためだ。

祝詞を唱える儀式をしたあと、一カ月ほどかけて天隠神社の社殿に祀られている御神体や宝物、雅楽器、文献等を少しずつ移動させる予定となっていた。

幸いにもうららかな小春日和に包まれ、これからダムになる村への哀悼と感謝をこめ、厳かに神事が行われた。御神体の移動が始まったとき、倫仁は小夏が自分の本体だと言い張ってきかない奥の祠の前にある狛狐のところにむかった。

階段をのぼっていた場所に、古めかしい石造りの狛狐が据えられている。

色あせた赤い前垂れ。あちこちヒビの入った石は今にも壊れそうだ。小夏同様にとても愛らしい顔の狛狐だ。それでもさすがに倫仁もこれが小夏の本体だという話は信じられない。

「おまえが小夏のわけがないか……やはりあいつの思いこみか」

倫仁はそっと胸から出したハンカチーフで、泥や枯葉の落ちている狛狐の身体をぬぐってやった。そのまま山の水で前垂れを洗い、その首にかけ直すと、少しは狛狐が綺麗になった気がする。

「今度、小夏を連れてくるよ。どうしておまえのことを小夏が自分だと思いこんでいるのか、その理由がわかれば、俺はあいつのことを……」

そんなふうに倫仁が狛狐に話しかけていたとき、祠のむこうからあの大友が現れた。

「あいつの具合はどうだ。あのとき、顔色が悪かったから心配だったんだが」

すらりとした背の高い、役場の役人。小夏の昔からの知りあい。この男の力で人間にしてもらったと言っていたが、山をさまよっていたときに発見されたことをそうかんちがいしたのだろう。

それに恩を感じ、小夏は倫仁とわかれたあと、この男のところに行くと言っていたが、もちろんそんな真似をさせる気はない。彼の身元や素性がわからないままでもずっと小夏を自分のところに置いておくつもりだ。

「大丈夫だ、もう元気になっている」

「そうか、ならそれでいいが……よかったら、今の言葉の続きを聞かせてくれないか」

「続き?」

「そう、その理由がわかれば、俺はあいつのことを……というところで止めたじゃないか」

「聞いていたのか」

「全部は聞こえなかったけどね、あんたがあいつをどう思っているか知りたいんだ」

「知れば、あいつをあきらめるのか?」

単刀直入に訊いた倫仁の言葉に、男はおもしろそうに口の端を歪めて嗤った。

「いいね、いいね、その飾らない言葉、余裕のない態度……そこまで本気で惚れてしまったのか、あのかわいくておバカな子狐ちゃんに」

「子狐ではない。もちろん狐憑きでも。それにバカでもない。小夏は明晰な頭脳をもっている。ただそう勘違いさせるほどの綺麗な魂をもっているだけの、美しい人間だ」

きっぱりと言い切った倫仁の言葉に、男は驚いたように目を見ひらく。

「それ……本気で思っているのか。あいつが狐じゃなく人間だと」

「ああ」

うなずくと、いきなり男は声をあげて嗤い始めた。なにがおかしいのかわからないが、林立する古めかしい杉や栃の木立に恐ろしいほど反響する声で。

「最高だ、坊ちゃん、あんた、最高だよ。ああ、さすが小夏だ、何ておもしろいやつに惚れたんだ、あのバカ狐は」

——そこまで本気で惚れてしまったのか、あのかわいくておバカな子狐ちゃんに。

そう言ったあの男の声が倫仁の耳から離れない。確かに惚れている。どうしようもないほどだ。寝ても覚めても、彼の笑顔と彼のぬくもりが忘れられない。

最初のうちは心地よくて添い寝をしていた。

だが今はもう辛くてできない。己のなかの男としての本能が身体の芯を熱くして、彼に無体なことをしてしまいそうで怖いからだ。

もう自分が華族の後継者だということはどうでもよくなっている。

ダム事業を成功させたあとは、地位も身分もなにもかも捨てて、彼とふたりで生きていくことだけを考えようと決意していた。

(もともとあのあたりの自然を守り、天隠村のダム造りを成功させることだけが俺の夢だった。別に華族の跡取りになりたいわけではないし、父のような政治家になりたいわけでもない)

それよりも愛する者と豊かな心で静かに暮らしていければそれでいい。

そう胸に秘め、新年に東京にもどったとき、倫仁は『今、仕事の正念場なので、結婚する気はない。見合いもしない』と絢子嬢との縁談話を断った。

父は激怒していたが、一貫して態度を変えなかったので、さすがにあきらめたらしい。

(まあ、あの男のことだ。また新しい相手をさがしてくるだろう。もちろん断るつもりだが)

そうなれば、父としては不本意だろうが、北小路家は父の弟の子が継ぐこととなるだろう。

それでいい。そうなるようにしていこう。

心のなかでこれからのことを計画しながら、浜辺に座り、倫仁は波打ち際に立ち、小夏が着物の裾を帯にかけ、裸足で海辺を楽しそうに走っている姿を見ていた。

その日、吉野から車と馬車に乗り継ぎ、数時間かけて、倫仁は小夏とともに紀州の海にきていた。近くの旅館に泊まり、明日帰る予定になっている。

人気のない白砂の浜辺が見わたすかぎりに広がり、冬とは思えないほどののんびりとしたあたたかな陽差しが波濤《はとう》を煌めかせていた。さわやかな潮気と砂粒をふくんだ浜風が吹いていく。

遠くのほうで船を漕《こ》いでいる漁師たちの声が聞こえてくるなか、小夏が貝殻を拾い集め、太陽にかざしてほほえんでいる。

「見てください、これ、すごく綺麗です」

ひとつずつ綺麗な貝殻を浜辺に並べたあと、今度は手のひらに海水をすくい、それを頭上に散らして、虹色に煌めく水滴を浴びてほほえんでいる。

「きらきらとして、とても綺麗。海の命がきらきらとこぼれていきます」

上空の太陽にむかって目を閉じ、すくった海水を浴びながら笑顔で浜辺にたたずむ小夏を見ていると、胸の奥に狂おしい疼きに広がっていく。

きらきらとしているのは小夏だ。綺麗なのは小夏だ。

『倫仁、あの子を大切にしなさいね』

今朝、小夏と一泊旅行に行くと伝えに行ったとき、母が口にした言葉が耳の奥で甦ってくる。

医師や看護人がちょうどいないときに、そっと母が耳打ちしてきた。

『八重の子供じゃないんでしょう、知っているわ。八重は女性じゃなかったから子供を産めるわけがないの。彼は我々とはまったく血縁のない存在……』

『あの子は……何者なんですか。彼についてなにもわからなくて』

『神……あの子は……多分、本物の神よ』

本物の神――――？　そう言われたとき、ふっと彼の手の感触を思いだした。傷口を一瞬で消してしまったあの手。母の病気を治せると言っていた手。

『自分の命と引き替えに、私の病気を治すつもりだったから断ったの。たった一瞬、触れたときに、病気の一部を吸いとったみたいで、私の体調がかなり良くなって、あの子がその代わりに危篤になってしまった』

やはりそういうことだったのか。彼は、自分が狐だったので、人間としての生活に慣れていないので、体調を崩していると言っていたが。

『彼の言う死返玉というものは命を交換するものなんですね』

『そうよ、だからこれ以上すると、この世から消えてしまうわ』

確かにそんなことをしたら、彼の衰弱具合を考えると、とうに死んでいただろう。

母が止めなければどうなっていたかと思うと、何という恐ろしいことを自分は彼にさせようとしていたのかと生きた心地がしなくなる。

確かに母には良くなってもらいたい。だからといって、他者の命を奪ってまでそうしたいわけではないのだから。

だが小夏は、ただただ倫仁に喜んで欲しいという一途な想いで、母と自分の命を交換しようとした。

（バカだな……小夏は……。あんまりバカ過ぎて、腹が立ってくる。いや、腹が立つのは小夏ではなく、その事実に気づかなかった俺自身だ。何度も怪我を治してもらっていたのに。それだけでも、ずいぶんあいつの寿命を奪っていたのに）

倫仁の怪我など放っておいても自然に完治したのに。それなのに、何の迷いもなく、手を当てて傷を治し、さらには心の傷のようなものまで吸いとって癒やしてくれた。おかげで忌まわしい過去の記憶を、何の苦しみもなく冷静に思いだすことができ、それによって心が自己嫌悪という闇に囚われることもなかった。

しかしその代わり、小夏の身体にものすごい負担をかけてしまった。果たして自分はどのくらい彼の寿命を奪ってしまったのか。

（そうすれば……俺が喜ぶと思っているのか。そんなことをして、結果的に小夏を喪って……俺が哀しまないとでも思うのか）

愛しくてバカな小夏。違う、バカは俺だ。なにも気づかなかった俺だ。

『神といえば、彼は……自分を狐だと言ってました。稲荷の祠の前にある狛狐だと。だから人間の生活になじめなくて、体調を崩していると』

『ええ、稲荷の神からこの世に送られたお使いです』

『では……本当なのですか、彼が言っていることは』

あの大友という男はそれを知っていたのか。だからあんなことを。

あの祠の前にいた狛狐。ああ、あれは小夏だったのか。

『あの小夏って子は、人を幸せにすることしか考えていないの。人間とは違って……神だから、負の感情というものをなにも持っていないの。あんな綺麗な魂、初めて触れたわ。あの子は誰よりもあなたを愛していて、あなたを幸せにしたいと願って、人間の身体という器を手に入れてしまった神さまのお使い狐なの。大切にして』

母の病室を出たあと、倫仁は身体の奥からこみあげてくるものに涙が止まらなかった。

初めて会ったときからの、小夏の愛らしい笑み、一生懸命な姿を思いだして。

(だから、あの大友って男のことも、好きだと無邪気に笑って言ったんだな。おまえは、負の感情がないから、すべての人間に幸せになって欲しいと願っているから)

そのなかでも、とくに倫仁を愛し、一生懸命、幸せを運ぼうとしている。自分の命さえかえりみず。

(俺はなにができるだろう、どうその想いを受け止めればいいのか。どうすれば、小夏を幸せにできるだろう)

倫仁は立ちあがり、靴と靴下を脱ぎ、ズボンを少し折って小夏と同じように浅瀬に足を進めた。

さすがに一月末なので海の水はひんやりとしていたが、それでも心地よく太陽が光をそそいでいたので、そう冷たいと感じるほどではなかった。

膝《ひざ》くらいのところまで進み、小夏は水平線をじっと見つめていた。

雪のように白い波が静かに凪《な》に凪ぎ、翠玉《エメラルド》の宝石のような、淡く優しい透明感のある海原が見わたすかぎりに広がっている。

太陽の光を反射して、時折、波間が金色に輝くさまを、小夏は目を細めて眺めている。

淡い水色の空には、真っ白な鷗《かもめ》。遠くには漁師たちの船。そして大地の果てには、白い灯台。

時折、ふっと忘れたころに沖から反響してくる漁師たちの声と鷗の鳴き声と、波のうちよせる音以外、なにも聞こえない。

そんな静かな海だった。

「小夏……海は好きか？」

「倫仁さまは？」

「好きだよ」

「小夏も好きです」

ふわりとほほえむ小夏の肩に手をかけ、倫仁は彼の細い身体を自分に抱きよせた。きらきらとした透明な波打ち際で二人の濃い影が揺れている。

「あの……倫仁さま、天隠村の川も、吉野山の雪も、滝から落ちていく水も……すべてこの美しい海に溶けていくんですすね」

「そうだ」

「だとしたら、いつか小夏も海の上のきらきらとした波になるんですね」

「……小夏……どうしてそんなことを」

「だったらいいなと思ったんです」

言いながら、小夏は足下に流れきた貝殻に手を伸ばした。

「倫仁さま、桜の花びらみたいな貝殻です。太陽に見せると、きらきらするんですね」

「楽しいか？」

問いかけると、小夏は目を細めて笑った。

「はい、とっても甘いです。この前、お土産にもらったロシアケーキと同じくらい」

東京からもどってきたあと、小夏が完全に回復しているのを確認したあと、倫仁は彼に大量のロシアケーキの袋を渡した。

鹿鳴館《ろくめいかん》の菓子を担当していた洋菓子店に出向き、一カ月分くらいのロシアケーキを、全種類用意して欲しいと注文したときは、さすがに店長が目をぱちくりさせていた。

「昼食にしようか。ご要望にこたえて、大きな三角お結びを用意してきた」

「わーい、うれしい。三角お結び、ぱくって食べます」

浜辺に座り、倫仁は風呂敷包に入れておいた握り飯と竹の水筒をとりだした。

「あの……車の運転手さんは、御飯、食べなくても大丈夫ですか？」

小夏は浜辺の入り口あたりに停まったままになっている自動車にちらりと視線をむけた。

「ああ、大丈夫だ。今ごろは、近くの店でそばでも食べているだろう」

「なら、安心ですね、小夏、遠慮なく食べますよ」

「ああ、俺は満腹だから、小夏が全部」

倫仁から渡された三角形の大きなお結びを両手で包みこむようにとると、小夏はこれ以上ないほど幸せそうな顔でもぐもぐと食べ始めた。おいしい、といわんばかりに肩をすくめ、ぷっくりとほおを膨らませている。そのほおに米粒がくっついているのを、指を伸ばして倫仁はとった。

はっとしてそれを舐めようとした小夏の舌先から、すかさず指をひっこめて自分の口元に運ぶと、ぷぅっと今度は不満そうに小夏がほおを膨らませる。二個目のお結びをもぐもぐと嚙みしめ、ごくんと呑みこんだあと、小夏は残っているお結びを半分に割り、昆布のはみでたそれを、倫仁の前に突きだした。

「一緒に食べましょう、とってもおいしいですよ」

「お結び……そんなに好きか？」

「はい！　とってもおいしいです。今日のは今まで食べたなかで一番おいしいです」

「当然だ、俺が作ったんだからな」

「ええっ、倫仁さま、こんなにおいしいお結びが作れるんですか？」

「ああ、愛情があるからな」

今朝、早くに起き、倫仁は賄《まかな》いに行って握り飯を作らせてもらった。もちろん子爵家の御曹司がすることではない、厨房《ちゆうぼう》に入るべきではないと、大ひんしゅくだった。ちょうど通りかかった土井は、驚きのあまり、失神しそうになっていた。だが小夏が口にするのだと思うと、誰の手にも握らせたくなかった。我ながら、気持ち悪いと思いながらも。

「……夢のようです、ありがとうございます、倫仁さま」

小夏はお結びをすべて飲みこむと、大きな目を潤ませて倫仁を見あげた。

「人間になれてよかったです。幸せです、こんなに広い世界があったなんて知らなかった……」

小夏の眸からぽろりと涙が流れ落ちていく。

「何で泣く。幸せなのに」

「小夏もわかりません。幸せはロシアケーキのように甘いのに、小夏の涙はしょっぱいです。お結びみたいな味をしています」

倫仁はそんな小夏の肩を引き寄せ、ほおにくちづけしながら、そのまま重なるように浜辺に横たわっていった。小夏が喜んでくれることがうれしい。幸せだと思ってくれることがうれしくてたまらない。ああ、何て愛しいのだろう。

倫仁は小夏に腕枕をしたあと、その小さなほおを手のひらで包みこんで唇を重ねた。

「……っ」

くちづけすると、自然と目を閉じ、優しく舌の動きに応えてくれる。その小さな肩がどうしようもなく愛しくて倫仁は強く抱きしめた。大切に大切に慈しみたいのに、同時に衝きあがる自分のものにしたいというこの衝動。愛、そしてそこから湧く情欲。こんなにこの子を愛してしまうなんて。こんなにも誰かが愛おしくなることがあるなんて。

「小夏……幸せになろう」

倫仁が囁くと、小夏ははっと目を見ひらいた。

「一緒に幸せになろう、な？」

触れているとどんどん幸せになっていく。欲しい、抱きたい。代えがたいほど愛おしい。あの男に挑発されたからではない。愛しさのまま倫仁が小夏の胸のあわせのなかに手を入れかけたとき、彼の手が肩を突っぱねた。一瞬、動きを止めた倫仁の腕のなかから小夏がすり抜ける。

「小夏……」

背中をむけ、小夏がうつむく。そのとき、後ろからでも小夏の眸から涙が流れ落ちるのがわかった。

「いけません……ごめんなさい、小夏はくちづけ以上のことはできません」

できません……。小夏は望んでいないのだ。神に等しい存在だから貪欲な人間の欲に触れたくないのだろう。

「しないよ、これ以上のことはしないから。小夏を大切にするから」

囁き、倫仁は後ろから小夏の身体を抱きしめた。そんな倫仁の腕にうつむいたまま小夏が頭をあずけてくる。手のひらにぽとぽとと落ちてくる彼の涙の熱さがどんな傷より痛かった。

海を見て旅館で一泊し、翌日、もう一度海辺をまわったあと、倫仁は吉野の邸宅に帰る前に天隠村に寄って欲しいと運転手に命じた。

途中、山道で事故があり、大きく迂回《うかい》したため、近郊にもどったときは夜半になっていたが、どうしても神社の鳥居に封印を施す前に、小夏を神社に連れて行きたかったのだ。

「すでに御神体の一部は移動させている。明日、残りのものを移動させる予定だ」

「じゃあ、これまでの感謝をこめて形だけでも稲荷の神さまにお別れを言ってきます。それに……小夏、社務所に忘れ物があるんです。とってもとっても大切なもの。ひとりで行ってきていいですか?」

階段の下の大鳥居の前で車を降りると、小夏は倫仁にそこで待っていて欲しいと頼んだ。

「わかった、鳥居の前で待っているから。なにかあったら呼ぶんだぞ」

「はい」

「三十分してももどってこなかったら、迎えにいくぞ」

小夏は倫仁に渡されたカンテラを手に、社殿にむかう階段をのぼり始めた。少しずつ明かりが遠ざかり、小夏が境内に着くとカンテラの明かりは見えなくなった。

大鳥居の朱塗りの壁にもたれかかり、倫仁は小夏のいなくなった方向をじっと見あげた。

(本当はひとりで行かせたくなかったが……小夏には小夏なりにこれまで生きてきた時間があるのだ

ろう。だからひとりでじっくり、失われてしまう故郷に挨拶させたかった）

最初は、狛狐の石像だなんて、彼の妄想、完全な思いこみだと思っていた。

だが、今ならわかる。彼は倫仁が三年前に助けた狐なのだ。

実を喪ったときの記憶が残っていたのか、稲荷の神への信仰心なのかわからないが、川に呑みこまれそうになっている子狐を見つけたとき、身体が勝手に動いていた。

抱きしめたときの、やわらかな毛の感触や、淋しそうな眸。多分、あのとき、倫仁の魂は、いつか近い将来に彼を愛してしまう自分を予感していたのかもしれない。

彼が本物の狐憑きの巫女の子なら、ここまで惹かれなかった。多分、ふつうの人間として育った相手なら愛を感じることはなかった。

皮肉にも、彼が『狐』だったゆえに、そう、神からの『お使い狐』ゆえの、その魂の美しさ、心の綺麗さを愛してしまったのだから。

（俺が……本気で、狐の子を愛してしまうとはな。いや、神の使いを愛してしまうとは）

倫仁は苦笑した。彼がお使い狐でよかった。そんな綺麗な魂の持ち主が、自分への愛ゆえに命がけで人間になり、少しでも幸福を運ぼうとしている。その事実が愛おしくてたまらない。

だからこそ自分も彼を幸せにしたい。与えられた分の幸せを彼に返したい。この先、自分は彼になにができるのだろう。

七

カンテラを手に社務所に行き、鏡の裏から一個のバッジを取りだすと、小夏はほっと息をついた。

(よかった、ここにあった。小夏の宝物。倫仁さまの校章のバッジ)

手にすると、小夏はさらに階段を上がり狛狐の石像のあるところまでのぼっていった。

「………っ」

狛狐の石像に大きく亀裂が走っている。今にも壊れそうになっていた。ぼろぼろで、崩壊するのは時間の問題だろう。

(どうりで、身体が思うように動かないわけだ)

カンテラを傍らに置き、小夏は赤い前垂れに帝国大学のバッジをとりつけた。いざというとき、一緒にダムに沈んでいけるように。そのとき、前垂れが綺麗になっていることに気づいた。見れば、狛狐本体もヒビ割れてはいるが、泥や汚れがなくなっている。

「どうして……」

そう呟いたとき、いきなり指先が痛くなった。じんじん指先が痺れると思った瞬間、一瞬にして視界が低くなり、小夏は自分の身体が狐にもどったことに気づいた。

どういうことなのかわからないけど、真夜中、狐にもどってしまうときがある。烽火は、毎晩、丑三つ時に二時間だけと言っていたが、実際は彼が言うように定期的にもどることはなく、こうしてふいにもどってしまうのだ。たいてい一人のとき、あとは倫仁が眠っているときだけなので、他の人に姿を見られなくて助かるが。

こうしていると、人間になったせいなのか、これまでとはすべてのものが違って見えることに気づく。見えてくるものが違う。だがそれよりも気になるのは、完全に片方の指が石になっていることだ。どうしたのだろうと小首をかしげて前肢を見ていると、ふわっと神聖な空気が漂ってきた。

「小夏、お久しぶりですね、おまえもお別れを言いにきたのですか」

稲荷の神さまの声が聞こえ、小夏は顔をあげた。すると祠のなかの珠《たま》が光のように輝き、そこからすらりとした美しい稲荷の神さまが姿を現した。

「神さま、もどっていらしたのですか」

小夏は思わず飛びついた。優しくてあたたかな腕で稲荷の神さまが小夏を抱き留めてくれる。

烽火と契約したことを「ごめんなさい」と謝らなければ……と思ったが、神さまはすべてご存じだったのか「いいのですよ、なにも言わなくても」と囁くような声で優しくほほえみかけて下さった。

「明日、残りの御神体が移されるので気になっていたのですが、一番は小夏のことが気になって。おまえ、死返玉を使っていますね」

「はい、倫仁さまの怪我と、心の疵と、それからお母さんのために少し」

「本体に負担がかかりすぎています。もともとそう長くなかったのに、このままだとあっという間に崩れてしまいます。残念ですが、おまえの命はもう長くないですよ」

「……わかっています」

「どうして、小夏は倫仁と愛しあおうとしないのですか。彼はおまえを愛しています。彼と結ばれたら、烽火の呪いは、そのとき、解けるんですよ」

「でも、それは彼の死を意味していますから」

小夏の言葉に、稲荷の神さまは顔を曇らせた。

「気づいていたのですか。今、おまえの本心を知りたくて、試すように問うてみたのですが……では烽火の目的もなにもかも……」

稲荷の神さまはさらさらとした金色の髪を靡かせながら、狐になったままの小夏の身体をふわっと抱きしめた。神さまの腕のなか、こくこくと小夏はうなずいた。

「最初はまったくわかっていませんでした。でも倫仁さまのお母さんから、死返玉は、自分と他人の命を交換するものだと教えられ、よく考えたらその答えに行きついたのです。小夏を抱いたら、倫仁さまは、小夏の本体が壊れたときに死んでしまいます。そのとき、烽火さんは小夏の代わりに倫仁さまの魂をもっていく」

「そこまでわかっていたのですか」

やはりそうだったのか。倫仁が自分を愛したら彼は死んでしまう。それは駄目だ。そんなことになったら……自分は生きている意味がない。

「死ぬほど愛する。つまり倫仁さまは小夏と寿命を交換する。そういうことですよね。それが烽火さんの、倫仁さま一家への復讐なんですよね」

「ええ」

命がけで小夏を愛してくれる相手と身体をつなぐ。それはつまり相手が小夏と命を交換してくれるということを言う。小夏は相手の寿命を吸収し、人間になる代わりに相手は小夏の本体が壊れたときに死んでしまう。

倫仁の母と話したあと、烽火がかけたのは、そんな呪いだということに気づき、稲荷の神さまに確

かめるつもりだった。だから浜辺で倫仁から愛されそうになったとき、とてもうれしかったのに、小夏は拒むことしかできなかった。その気持ちだけを幸せな思い出としてもらうことにして。そう、倫仁と愛しあってはいけないのだから。

「よかったです、そのことに気づいて。小夏は倫仁さまの命を奪いたくはないです」

「いいのですか、その代わり、おまえは消えますよ」

「はい。小夏は、最初から覚悟していたことですから」

「そうですね、もう石像の寿命も少ない。後悔のないよう、思う存分生きなさい」

稲荷の神さまは、小夏を抱きしめ、そっとひたいにくちづけしてきた。

「はい。一生懸命、大好きって気持ちでがんばります。最後までいっぱいいっぱいお役に立ってから死にたいです」

「小夏……おまえの決意はとても尊いと思いますよ。人の命を大切にするそういうおまえだからこそ、私は死返玉をあげたのです。でもせっかくなので、その綺麗な魂のために、ひとつ、おまえの勘違いを解いておきましょう。倫仁は……おまえを狐だと思っていませんよ」

「え……」

「人間だと思っています。おまえが本物の狐だと気づいていません。おまえの妄想、思いこみだと思っているのです。先月の地鎮祭のとき、ここでそう告白しているのを耳にしました」

「倫仁さまがそんなことを？」

「だから愛を営んでも大丈夫ですよ。正体を知った上でおまえを愛さないと呪いは解けない……ということでしたね。でも彼は正体に気づいていない。それなら、おまえが思い出を得ても彼の命を奪う心配はないということなんですよ」

つまり稲荷の神さまは、倫仁と身体をつないでも彼は無事、だから思い残すことがないようにと小夏に言っているのだろうか。

「いやですね、稲荷の神さま。小夏、そこまで望んでないですよ。倫仁さまからはたくさん素敵な幸せを頂きました。これ以上、幸せをもらったら、小夏は幸せ過ぎてすぐに死んじゃいますから」


その夜から、小夏はまた夢を見るようになった。

少しずつ緑の森が暗いダムの底に沈んでいこうとしている。哀しそうな獣の哭《な》き声がまわりの山々から響きわたってきた。あの奥の神社の片隅にある小さな祠。そこに祀られた狐の石像が祠とともにダムの底に沈み、粉々になってしまう瞬間の夢。

もともと死んでしまった狐だった。何百年という長い間、独りぼっちで、それでも神さまの『お使い狐』として生きてきた小夏にとって、倫仁と過ごした時間はとても濃密で幸福な時間だった。

「ありがとう、倫仁さま、あなたを好きになれて、それからお役に立てて小夏は幸せでした」

ふんわりとほほえむ小夏の顔がダムの水面に映る。

もう思い残すことはない。

春の霞がかった風が、桜の枝を通り抜け、ふわふわと花を舞い散らしていく。彼に恋をした。それから人間にもなれた。そして抱きしめられた。生まれて初めて人のぬくもりを味わえた。こんな幸せな一生を歩めていいのかなと思うほど小夏は幸せだった。

それなのにどうしてだろう。彼のことを思い出すと、桜から漂うやわらかな空気とは対照的に、胸の奥で氷が弾けたような痛みを感じる。

「何でですか？」

自分に問いかけても何の返事もない。そこに映っている小夏の耳が少しだけ下がっていくくらいしか。そんな夢のなかをさまよっているときだった。

「——小夏さん、小夏さん、起きてください」

自分を呼ぶ声に、小夏ははっと目を覚ました。

そこは吉野の子爵邸。自分用の部屋の寝台で眠っていた小夏は、部屋全体に漂う甘ったるい香の香りに眉をひそめた。

目の前にいるのは、倫仁の側仕えの土井という男性だった。

側仕えといっても、倫仁が信頼していないことと、何となく自分に対して黒い感情を抱いているのが空気の振動から伝わり、本能的に怖いと思っている相手だった。

「倫仁さまは、お母さまの様態が悪化され、今、離れに詰めていらっしゃいます。その間に、あなたのことで、北小路子爵から確認して欲しいと頼まれていることを確かめたくて」

「え……」

半身を起こした瞬間、いきなり物陰から現れた複数の男性に腕を押さえつけられた。恐慌をきたした小夏の顔を誰かが殴り、頭がぼおっとしたかと思うと、漏斗《じょうご》状のもので口を開けられ、そこに薬酒のようなものを流しこまれる。

「ん……っ……んん！っ」

左右にかぶりを振って薬酒を呑むまいとしても、両手を拘束され、口元を押さえつけられ、息苦しさのあまり、薬酒を呑みこむことしかできない。

これはここに初めてきたときに呑まされた甘い酒で、呑むや否や、身体が熱くおかしなことになってしまうものだ。自覚したとたん、小夏の全身に戦慄が走る。

「着物を脱がしても、何の狐憑きの証拠もありません。肩に傷があるだけです」

男の一人が土井に声をかけると、彼は小夏の着物の裾をはらりとまくり、身体の中心に手を伸ばしてきた。

「そんなことはない、あの夜、私は覗いていたんだ。狐憑きの証拠のような耳と尻尾を出していた光景を。大友さんの話では、性的絶頂をむかえたとき予知夢を見る力が発揮されるらしい。確かめろ」

「わかりました。性的な興奮を与えればいいんですね」

数人の男たちに身体を押さえつけられ、手首をまとめて寝台の手すりに縛られる。足を大きく広げさせられ、今度はさっきの薬酒を後ろにそそがれ、小夏は身体を跳ねあがらせた。

「あ……ああ……や……っ」

どうしたのか、胃が灼けたようになり、後ろの粘膜が異様なほど燃えあがっていく。喉から甘い悲鳴のようなものがほとばしる。

「ああ、あっ、ああ——ふぅ……っ！」

たちまち耳が狐耳に生え替わって立ちあがり、腰から尻尾が現れる。ひくひくと双方とも激しく痙攣し始めた。そのさまを見て、土井が勝ち誇ったようにほほえむ。

「やはり倫仁さまはウソの報告をされていたんだな。もっと感じさせろ、どの程度の霊力があるのかすべて確かめるんだ。子爵さまから莫大な報酬が頂けるぞ」

「く……うう……っ」

乳首、性器、耳、尻尾、後ろ……とあちこち嬲られ、甘い衝撃にも似た痺れが全身に広がり、身体が魚のように何度も跳ねあがる。

「あう、あぁっ、いやだ……ああ、あああっ！」

「すげえな。甘い声でいきなりよがってやがる」

「うわ、たまらねえな、自分から腰なんか振って。耳も尻尾も勃起した性器のようで、誘ってるみたいじゃないか」

「ああ…ぐっ…ん……んんっ……うう……出る……出ちゃう……ああっ」

怖い、苦しい。いやだ、怖い。ぐちゃぐちゃにされて、あちこちから身体が壊れてしまいそうだ。

怖い、怖い、怖い……。こんな行為がしたいんじゃない。こんな行為をするために人間になったんじゃない。助けて。稲荷の神さま、助けて。

助けて、倫仁さま――――っ！

心のなかでそう叫んだ瞬間、ふっと小夏の脳裏に恐ろしい映像が閃いた。ここにいる人たちが一気に岩盤と赤土混じりの土砂に呑みこまれていく。ズ、ズと山が崩れ、彼らが薙ぎ倒されていく姿。

そうなったら助かるのにと強く思ったそのとき、いきなり地鳴りのようなものが響きわたった。

「――――っ！」

「な、何だ……今の音は！」

なにかが崩れ落ちるような轟音。それから建物を震わす大きい揺れ。

「神さまが……怒ってる……怒ってる……」

無意識のうちに小夏が呟いたその横で、男の一人が叫び声をあげた。

「あっ、あれを見ろ！　窓の外を！」

雪をまとっていた裏の山の一部が崩れ始め、大きな岩が建物の上に落下してくる。

「うわっ、誰か——！」

男たちが窓を破って入りこんできた土砂に呑みこまれていく。刹那、驚きのあまり、小夏の耳と尻尾は消えていた。だがそれを意識する余裕もないまま、次の瞬間、寝台につながれたまま、小夏も一緒に土砂に埋もれていった。

消える、自分たちはみんなこのまま消える。消えてしまう。小夏が祈ったからなのか神が怒ったからなのか。

一瞬、海の上にたゆたいながら、じっと小夏を抱きしめる倫仁の光景が脳裏をよぎった。

その姿は人間のときもあれば、狐のときもあった。けれどどちらであったとしても、その一瞬一瞬が、それまでの気が遠くなりそうなほどの長い人生よりも、ずっとずっと価値のある美しい時間に感じられた。愛しくて愛しくて切ない光景。どうしてそんな光景を見るのだろう、そう思いながら、土砂のなか、小夏は意識を失っていた。


「……小夏、しっかりしろ、小夏」

倫仁の優しい声に呼び覚まされるように、小夏が目を覚ましたのは、それから一カ月近く経ってからのことだった。小夏の手をにぎりしめ、倫仁が憔悴《しょうすい》した顔でこちらをのぞきこんでいる。

「よかった、今度こそ喪ったかと思った」

なにがあったのかわからず呆然としていたが、すぐに訊くだけの元気はなく、それからしばらく小夏は熱が下がらず、寝台のなかでただただ朦朧として過ごした。

何日も続いた熱が引き、起きあがれるようになったのは、梅が満開になり、桜が芽吹き始めたころだった。

（あのとき、消えてしまわなくてよかった。神さま、助けてくれてありがとうございます。桜の花が咲く前に、小夏、目が覚めてよかったです。まだもう少し倫仁さまといられますね）

そのことに感謝しながらも、小夏はすぐに冷静になって反省した。あのあと、他の人たちがどうなったか、それを気づかうこともなく自分が無事だったことを喜んでしまったことに。

土井や他の人たちは土砂に埋もれてどうなったのか、小夏は話せるようになって一番に倫仁に尋ねた。

「そんなことは気にしなくていいから、もう少しゆっくりしなさい」

そう言って、倫仁は入浴や食事等、至れり尽くせりでよくしてくれるのだが、やはりどうしても気になって、小夏はしつこく問いかけた。

「あの……他の人たちは……土井さんはどうなりましたか。教えてください」

顔を見るたび同じ質問をされ、さすがに観念したように倫仁が言う。

「土井は無事だ。狐憑きの力が出ると、変化してしまうおまえの身体……そのことを父にだまっている代わりに、警察沙汰にはしないという取引をしたが、近いうち悪事を暴く予定だ。腸が煮えくりかえる思いだが、まだ反対派とのつながりがわからない今、下手に動くと、俺のダム建設の計画自体がなくなってしまう。だから耐えるしかない」

「あの……他の人たちは」

気まずそうに倫仁が視線をずらし、小夏は蒼白になった。あのとき、少なくともあと三人はいた。

「小夏のせい……小夏のせいですか、小夏が助かりたいと思ったから土砂が崩れて……」

小夏は起きあがり、倫仁にしがみついた。ああ、小夏のせいだ、自分があんなことを望んだから、三人の人たちの命を奪ってしまったのだ。

「どうしよう……小夏……とんでもないことを……小夏、悪いことを願ったんです、だから」

号泣する小夏の肩を抱き、倫仁がよしよしとなだめようとする。

「大丈夫だ、死んでいない、足をケガしたり、腕を折ったりしただけだ。ただショックのあまり混乱して、土井以外は、おまえの耳や尻尾の記憶は失ってしまっているようだ」

亡くなっていない。そのことにほっとしながらも、傷つけた罪悪感が胸に広がる。

「でも傷つけてしまったんですね、小夏。人を幸せにするためにがんばってきたのに、人を傷つけてしまうなんて……」

「小夏のせいじゃない。もともと地盤がゆるんでいた。事故は自然の現象だ」

「でも……小夏、心のなかで願ったんです。怖くて怖くて……助かりたいって。土砂が崩れたら、助かるって思いました。小夏が助かりたいって思ったから」

「当然のことだ。いやなことをされそうになったんだから。逃げたい、助かりたいって思わないほうがおかしい。負の心を持ってもいいんだ、小夏は哀しまなくていいんだ」

泣きじゃくる小夏の肩を抱き寄せ、涙に濡れたほおに倫仁がくちづけしてくる。

「俺も同じだ。あいつらと同じ下卑た男だ、何度も小夏に欲情して……最初のときだって、おまえがショックを受けるほど」

「同じじゃない、同じじゃないです」

あの日だって、無理強いはしなかった。これまで一度だって、小夏のいやがることはしていない。

倫仁はいつも小夏を思ってきた。

「拒否されても仕方ない、最初にひどいことをして傷つけたから。そう思ってきた」

「違います、拒否なんて……拒否なんて……」

違う、違うのに。それはただ倫仁を死なせたくなかったから。命を交換させたくなかったから。

そのとき、ふいに稲荷の神さまの声が耳の奥に甦ってきた。

『愛を営んでも大丈夫ですよ。正体を知った上でおまえを愛さないと呪いは解けない……ということでしたね。でも彼は正体に気づいていない。それなら、おまえが思い出を得ても彼の命を奪う心配はないということなんですよ』

そうだ、倫仁さまは小夏の正体を知らない。小夏を人間だと思いこんでいる。

「違います、小夏は……倫仁さまが大好きだから、本当は……したかったんです」

倫仁のほおに手を伸ばし、小夏は彼に唇を押し当てた。

「小夏っ……」

「倫仁さま……ごめんなさい、本当はしたいんです、小夏……倫仁さまとしたい」

彼の唇をこじ開け、今度は小夏から舌を差し入れる。ロシアケーキよりも、生姜の葛湯よりもずっとずっと甘い蜜菓子のような倫仁の口内。舌が絡まりあうと、幸福感で胸がいっぱいいっぱいになり、大好き大好きという言葉がそこからほとばしりそうになる。

「いいのか……小夏……」

「欲しいです、小夏は……今すぐ倫仁さまの愛が欲しいです」

堰を切ったように告げた言葉。その言葉を噛みしめるように倫仁が身体を起こして、寝台に移動してくる。

「俺ももちろんしたくてしたくてしょうがないよ。だけど……身体……小夏の身体は大丈夫なのか。まだ起きあがれるようになったばかりなのに」

「平気です、全然平気。それどころか、小夏は起きている間のすべての時間、そう、桜の花が咲いている間、ずっとずっと倫仁さまとしていたいです。そんなふうに思うの、迷惑ですか？」

「まさか……うれしいよ。俺だって……同じ気持ちだから」

小夏の寝間着を脱がしたあと、倫仁は自分のシャツを脱ぎ始めた。たがいにすべてを脱ぎ捨て、寝台の上で皮膚を溶けあわせるように抱きあう。

「……あ……っ……すごい……あの夜よりもずっと溶けあっている気がする」

嵐の夜、小屋のなかで冷たい雨に濡れた皮膚をあたためあった夜から、まだほんの少ししか経っていないのに、小夏の肌はあのときよりもずっと敏感に、ずっと情熱的に倫仁の肌に溶けたいと思っている。ふたりの乳首がこすれあう感触だけで、肌が粟立つ。歯で首筋を甘く食まれると、全身が蜂蜜みたいにとろとろになったような気がする。

「大好き……大好きです、倫仁さま」

その背の肌に手をまわし、彼の足の上に座る。そのとき、ぴくんと自分の性器が恥ずかしいほど勃ちあがるのがわかった。

「やだ……小夏の……大きくなっちゃった……」

「大きくなってもかわいい、小夏のここ、つるつるで、赤ちゃんみたいだ」

きゅっと性器の根元をにぎられ、カッと痺れるような快感が背筋をかけのぼっていく。

「ああっ、やだ……ああっ、やあ、そこ……ぬるぬるになって……やだ……あああっ」

ぷっくりと膨らんでしまった乳首、大きく育っていく性器。その先端のくぼみからとろりと蜜が流れ落ち、腿《もも》やひざがうるうるに濡れてしまって恥ずかしい。

「いいじゃないか、小夏が気持ちいいのがわかって、俺も安心するから」

「そうなんですか、小夏が……気持ちいいと、倫仁さま……安心ですか」

「ああ、うれしくなって、もっと感じさせたい、もっと気持ちよくさせたいと思う」

小夏の首筋に胸に……と倫仁の唇が移動していく。それだけで身体中の力が抜けようになってしまう。あちこちが過敏なり、亀頭の先端をぐりぐりされるうちに、肌が熱湯のように熱く煮えたぎってきて全身が電流を浴びたようにふるふると震えている。

「ああっ、やだ……感じすぎて……お耳が……ああっ……たっちゃう……ああっ」

さらなる気持ちよさが衝きあがり、気がつけば耳が形を変え、後ろから尻尾が飛びだしていた。

「やわらかいな、さすがに本物の狐は違う」

倫仁の言葉に、小夏はほほえんだ。妄想だと思いながらも、それにつきあってくれているのは、この人の優しさだ。そういうところが大好きだ。

「違います……人間ですよ」

「そうだったな」

とんがった大きな狐の耳。髪の毛の間から出た耳の先を倫仁がかぷりと歯を立ててきた。

「ああっ、あああ……やっ」

小夏は大きく身悶えた。信じられないほどの快感。たまらない。腰の下の尻尾も大きく左右に揺れている。

「犬のようだな」

ふっと倫仁が囁く。

「犬？」

「そう、犬もそうやってうれしいとすぐに尻尾を振る。俺の愛犬の白王丸にそっくりだ」

前につれていた真っ白な紀州犬のことだろうか。

「ワンコも耳が感じやすいんですか？」

「さあ、犬とはしたことがないから。でも、小夏は……耳、感じやすいんだったな？」

倫仁がかぷりとまた耳の付け根を甘噛みする。どうしたのだろう、乳首がぴんぴんに尖って、性器はさっきからとめどなく蜜を流し、尻尾は心地よさそうに立ちあがって左右に揺れている。

「小夏、こんなにあちこち感じて……気持ちいいのか？」

「うれしい……？　倫仁さま……小夏が感じてると……うれしいですか？」

「ああ、うれしい。どこが好きか教えて欲しいし、どこが一番いいか知りたい」

耳を歯でぐりぐりと噛まれると、そこがいいです、気持ちいいですと言わんばかりに、小夏の耳がぴくぴくと動き、後ろの尻尾が恥ずかしさと心地よさに混乱したように、せわしなく根元からぷるぷると震えている。

「耳……好きなのか？」

「は……ああ……んぅ……っ……どうしよう……感じると、お耳がぴくぴくしちゃいます……」

「尻尾は？」

「倫仁さまの手で根元に触られると……気持ちよくて……ぴくぴく震えます……ああっ、やだ……やっ……弄らないで……もう前が出ちゃうから……やだ」

手のひらで性器を弄るように尻尾をつかまれ、尾てい骨のあたりでぐりぐりされると、電流が奔ったみたいに痙攣し、全身がしっとりと汗ばみ始める。

「かわいい……たまらない……そんなふうに恥ずかしい顔する小夏が」

室内の暗さのせいで、あまりはっきり見られていなくてよかったと思った。

でもうれしかった。耳や尻尾が感じやすくて、乳首や性器まで変化してしまうのはとっても恥ずかしい気もするのだが、倫仁が喜んでくれている——その事実がうれしくて、小夏は精一杯気持ちいい自分のことを伝えようと思っていた。

「大好きです、倫仁さま……小夏……うれしいです……倫仁さま……そこ……好き……そこ、ぐりぐりされると、お耳がもっともっとぴくぴくしちゃいます」

耳の付け根をぐりぐりと甘く噛まれると、そのたび、耳の先っぽがぴくんっと大きく揺れる。同時に尻尾が大きく揺れて感じてしまって、甘い蜜のなかでおぼれているような気がしてる。

いつのまにか尻尾の根元をかき分け、倫仁の指先が小夏の後ろをほぐしている。指でつついたり、輪を広げたり、なかに挿れたりしながら。ぐりっとした尻尾の根元のあたりと連動するように嬲られているうちに、肉の輪の奥の粘膜までがひくひくと気持ちよさにあえぎ始めた。

「あぁ……あっ……やあ……ああ……どうしよ……やだ……何かでこすって……そこ……変……他と違って……熱くて痒い……気持ちいいのに……痒いです……どうして……」

気持ちいい。どうしよう、後ろのあたりが痒くて気持ちいい。どうしてこんな変なことになるのだろう。

そう思ったとき、小夏の身体をふわっと持ちあげ、倫仁が耳元で囁いてきた。

「俺も……そろそろ限界だ……小夏のなかに入って気持ちよくなりたい……いいか？」

「……はい……小夏のなかで……気持ちよくなって……ください」

こくこくとうなずくと、次の瞬間、不思議な切っ先が窄《すぼ》まりに触れた。

熱っぽい痒さを感じていた場所が耳と同じようにぴくぴくとひくつくなかに、一気に巨大な肉塊が埋めこまれていく。

「あ……あああっ、ああっ……んんっ……んっ」

倫仁が小夏のなかに挿ってきたのがわかった。

痛い。何て大きなものが挿ってきたんだろう。

けれどそれがじわじわと体内で膨張していくと、痒かったところに心地よい圧迫をおぼえ、これ以上ないほど気持ちよい痺れに全身がふるふると痙攣してしまう。

「痛いか？　それとも気持ちいい？」

「痛い……けど……気持ちいいほうがいっぱいです……」

「ならよかった」

小夏の腰をつかみ、ぐいぐいっと下から倫仁が突きあげてくる。ぐぅっと粘膜を広げられ、内臓を下から圧迫される不思議な心地よさ。額に汗がにじみ、尻尾の先も耳もさっきまでとは違って、電気を浴びたみたいに痙攣してぴくぴくと震えている。

「あ……あぁ……あぁっ……やあぁっ、あああ」

耳と尻尾をふるわせた小夏の影が壁に刻まれている。ぴくぴくと耳が震え、尻尾が大きく左右に揺れているのがわかる。

「かわいい、小夏は本当にかわいいな」

「あ……甘くておいしいです……かわいいって言われると……甘くておいしいケーキみたいになります」

「だったらもっと言ってやる。小夏はかわいい、世界で一番かわいい」

そう言われると、彼を銜えこんだ体内が、きゅっきゅっと締まるのがわかる。

痛い。苦しい。それなのに気持ちいい。こんなに気持ちいいのは生まれて初めてだ。

「気持ち……いい……すごく好き」

倫仁の背に腕を回し、ぼそりと小夏は囁いていた。

「いいのか?」

「すごく……すごくすごく気持ちいい……こんなの初めて……倫仁さまは?」

「俺もだ……すごくいい……すごく」

「もっとこすって……もっといっぱい動いてくださ……出そうだから……小夏の……前から……気持ちいいときの、とろとろなおしっこ……出ちゃいそうから」

快感に悶えるたび、耳と尻尾が大きく震える。ああ、倫仁とつながって、互いに気持ちよくなって、愛の営みをしている。そう思うと、幸せでどうしようもなかった。

稲荷の神さま……小夏はこんなに幸せでいいのですか。そう問いかけながら、小夏は倫仁の腕のなかで絶頂を迎えるまで、快感にあふれた声をあげ続けた。

愛しあっても彼の命を奪う心配がないこと、それがどうしようもないほどうれしくて。だから桜が散るまで、愛が営めることがうれしくて。

八

さらさらと音を立てて桜が散ろうとしている。

梅の花が咲くころ、倫仁と心と身体も通じあうようになり、それからは毎夜のように一緒の寝床で眠るようになった。気がつけば、吉野の山が桜に包まれていた。

桜の花以外になにもないような、静けさに包まれた空間。夜、倫仁と褥で寄りそいながら、桜を眺めているときほど幸せな時間はない。

「他になにかして欲しいことはないか？　明日はなにがしたい？　何でも言ってくれ」

小夏を強く抱きしめ、口癖のように倫仁が問いかけてくる。そのたび、小夏は笑顔で答える。

「じゃあ、明日もこうして抱きしめてください。気持ちよくって、小夏が困るくらい。それからまた明日も……こんなふうに一緒に桜を眺めてください」

そして約束通り、翌日は狂おしい一夜を過ごす。

快楽が過ぎるせいか疲れのせいか、情交のあと、ついつい寝坊をしてしまう小夏の身体を、次の日になると、倫仁が必要以上にいたわり、自らの手で作った葛湯やお結びを食べさせてくれる。甘くて甘くて本当に甘すぎて蕩けそうで、それなのに怖い。

「いいですよ、そんなに優しくしていただくと幸せ過ぎて困ります」

「なら、もっと困ってくれ。小夏が幸せ過ぎて困るくらいのほうがいいから」

そう口にするとき、彼の眉間はいつも苦しそうに寄せられている。母親の病気を心配するときと同じ顔だ。

もしかすると、彼は小夏の寿命に気づいているのかもしれない。そんな気がして胸が痛くなった。だから気づかれないよう、精一杯、明るい笑顔を見せるのだが、そのたび、彼の口元からは笑みが消え、哀しそうな顔で小夏を抱きしめる。ぎゅっと強く、骨が折れそうなほど。

(倫仁さま……やっぱり気づいているんですね。もうすぐ二人の時間が終わってしまうことに。桜の花とともに小夏が消えてしまうことに)

全山を覆うような何万という数の桜の木々。

神さま、あと少しだけ桜を咲かせてください。そんな小夏の願いは聞き届けられ、今年はいつもより長く桜が咲いていてくれた。

平安時代から修験道として名高いこのあたりの桜は、天皇から庶民までが寄進したからこれほどの量なのだという話を聞いたとき、小夏は人々の信仰の尊さに感動した。自然を敬い、神を畏れ、仏の道を求める気持ちがこんなにも美しい風景を生みだしたのだと思うと。

「もうすぐ奥千本の桜も散りますね」

「明日から工事が始まる。少し忙しくなるが、最近は小夏の体調も安定しているし、母も落ち着いているし、少しホッとしているよ」

「明日からですか。よかったですね、無事に明日を迎えられて」

朝方は純白の雪のような桜が、夕暮れになると淡い春霞のなかで金色の光を湛える。そのきらきらとした光を見ていると、倫仁と一緒にいった海の広さ、波の煌めく美しさを思いだす。

本当に幸せな毎日だった。明日、倫仁を見送ったら、天隠神社にもどろう。

小夏はそう思っていた。

手紙は書いた。どれだけ幸せだったか、どれだけ大好きだったかを綴《つづ》り、この寝台の上に置いてここを出ていく。一番好きな、今着ているこの金魚の着物を着て。

「二、三日俺がいなくても、淋しくないな？」

桜を眺めていると、小夏の肩を抱いていた倫仁が問いかけてくる。小夏はほほえんだ。

「淋しいって言葉の味……そういえば、まだ答えが出てないんでした。でも、淋しいっていうのは、倫仁さまがいないときの気持ちで、そのときの味だと思うと、ようやくわかる気がしました」

「わかったのか？」

「ひとりぼっちを指すんですよね。ひとりぼっちの味は、甘さもしょっぱさも辛さも酸っぱさもないです。何だろう……味がしない……それが淋しさの味だということに、今、気づきました」

ふと、烽火の心が淋しい淋しいと叫んでいたことを思いだした。烽火は愛する人がいなくて、ひとりぼっちで、だから淋しいのだ……と。

「小夏は、俺に会うまで、ずっとひとりぼっちだったんだろう。森の奥で孤独だったんだな？　そのときは淋しくなかったのか？」

孤独――人間がよく使う言葉。最初は人間が使うそうした言葉の多くの意味がわからず、そのときも小夏はわけがわからないような、戸惑ったような顔をすることしかできなかった。

コドクさんではなく、狛狐でしたよ……と、ちょっと前の自分なら答えていたが、今はその言葉の意味がわかる。そう、ずっと孤独で、ずっと淋しかったということが。

本当はずっとずっとひとりぼっちだったから。でも今はひとりぼっちじゃない。だからこそあのとき、自分がどれだけ淋しかったのかがわかる。淋しくないことを知ったら、淋しさの痛みが大きくなるのだということも。

「倫仁さま……あの……倫仁も小夏と会うまでずっと淋しかったですか？」

「ああ、だからもうひとりぼっちにはなりたくない。小夏のいない世界にもどりたくない。おまえのいない世界に幸せなんてないから」

小夏のいない世界……。幸せなんてない。その言葉に、小夏は泣きたくなった。

「……っ」

そんなことをどうして、今、言うのですか。小夏は明日いなくなるのに。

（あ……違う違う……小夏が気づかなかったんだ、小夏が気づかなくて……バカだから、小夏がいなくなったあと、倫仁さまがひとりぼっちになること……思いつかなかった……）

ああ、どうしよう。もう期限は明日に迫っているのに。もう終わりなのに。

呆然とする小夏の髪を慣れた手で撫でながら、倫仁がほおにくちづけしてきた。

「安心しろ、小夏。今、狛狐は修復に出している。おまえの本体をダムに沈めたりしないから」

倫仁は小夏に小さなバッジのようなものを留めた。

それが目に入った瞬間、どっと小夏の眸から大粒の涙が流れ落ちる。帝国大学の校章。狛狐の前垂れにつけておいた小夏の宝物。全身を震わせ、小夏はあふれる涙をぬぐいもせず、目をみはって倫仁を見た。優しく微笑し、倫仁がうなずく。

「あ……これ……まさか……倫仁さま……じゃあ……小夏のことを知って」

「おまえの本体だろ。最初はおまえの思いこみだと思っていたが、でも気づいた……おまえほど綺麗な魂の持ち主はいないから。神に近い心の持ち主なのは、神のお使いだからと」

「い……いつ……いつから……いつから……そのことに気づいていたのですか」

「つい最近だ。すまない……おまえはずっと本当のことを口にしていたのに信じなくて」

「じゃあ、赤い前垂れを洗ってくれたのも、石を磨いてくれたのも」

「あの狛狐がなくなったら、おまえの魂が消えてしまうんだろう。そんなことはさせないから。な、小夏、幸せになろう」

「あ……ああ……ああ……倫仁さま……」

どうしよう。涙が止まらない。ひくひくと嗚咽をあげ、あふれだす涙をぬぐいもせず、ぐしゃぐしゃの顔で泣いている小夏の肩を倫仁が抱きよせ、なだめようと肩をぽんぽんと叩く。

もう大丈夫だ、小夏は俺が護るから……と耳元で囁く倫仁の声に嗚咽を止めることができない。その胸にしがみつき、小夏は全身を震わせた。

小夏はもう消えなくていいのですね。倫仁さまがひとりぼっちになることはないのですね。倫仁さまが、淋しいって気持ちにならなくていいのですね。

よかった……。そうだ、倫仁さまにお礼を言わないと。ありかとうと言わないと。

大きく息を吸って着物の袂で涙をぬぐうと、小夏は顔をあげ、倫仁にほほえみかけた。

「倫仁さま……ああ……小夏は……小夏は本当に幸せです、ありがとうございます、一緒にいられるのですね。こんなことって……こんな夢みたいなことって」

「そうだ、一緒にいよう」

誓いあうように唇を重ねたそのとき、使用人が倫仁を呼びにきた。反対派のデモがあり、建設事務所前の道で小競り合いが起きているので、すぐに仲裁に入って欲しいという。

「わかった、夜までにもどる。小夏は先に夕飯を食べていなさい」

倫仁がそう言って部下とともに邸宅を出たあと、小夏は倫仁に感謝をしながら、今まさに散ろうとしている奥千本の桜を見に、邸内の中央にある寝殿造りの建物の前に行った。

何という美しい夜桜だろう。この桜が散ったら、この世から消えるつもりでいた。けれど倫仁が狛狐の石像をあそこから運んで修復に出してくれていたなんて。

(稲荷の神さま、小夏は……何て幸せなんでしょう。倫仁さまと一緒に生きていけます。一緒に過ごすことができます。すべてを知ったうえで小夏を愛してくれたなんて)

胸の震えが止まらない。また涙があふれそうになってくる。両手を合わせて、稲荷の神に祈りを捧げたあと、小夏ははらはらと落ちてくる桜の花びらに手をかざし、おぼろ月を眺めた。

すると、すぅっと桜の花吹雪の奥から、黒い狐が姿を現し、さっと小夏の前をよぎって寝殿造りの建物のなかに入っていった。心臓がどくりと跳ねあがる。

「小夏……今夜で最後だ。約束のものをもらいにきたぞ」

「……！」

ふりむくと、そこに九尾の狐の大きな影が伸びていた。いつの間にか烽火は狐の姿のまま御簾のむこうに移動していた。春の宵の、ひんやりとした花吹雪混じりの風が御簾の隙間へと吹きこみ、部屋の隅に灯された蠟燭《ろうそく》の火がゆらゆらと揺れ、九尾の狐の巨大な尾があちこちの壁へと映しだされていた。

月明かり。おぼろげな夜の空気。桜の花が咲き競う吉野。山全体が淡い桜色に染まっている。

「小夏の魂を……食べるのですか？　でももう無理ですよ、小夏の本体は修復中ですから」

御簾のなかに入った小夏は、人間に変化した烽火の足下にある狛狐の石像を見て、はっと硬直した。どこから運んできたのか、それは小夏の本体だった。まだ修復途中なのか、幾つかのヒビ割れが残っている。

「おまえが魂をくれないって言うなら、代わりに倫仁を連れていくだけだ。あの男、おまえの正体を知った上で、おまえと愛を育んでしまった。もうあの男にも呪いはかかっているのだから」

「……っ」

そういうことか……。深い絶望に身体が引き裂かれそうな気がした。

倫仁との約束を守れないことに。彼が孤独になることに。小夏を喪いたくない、一人になりたくないと言っていたのに。それでも自分のために、彼を犠牲にすることだけはできなかった。彼をひとりぼっちのままにして、この世から消えるのは胸が千切れそうなほど辛いけれど。

「烽火さん、わかりました。倫仁さまの命は奪わないでください。小夏の魂を持っていってください。今、この場で」

倫仁さま、ごめんなさい。約束を果たすことはできませんでした。けれど烽火さんがいなかったら、小夏は人間になることができませんでした。最初から烽火さんのおかげで倫仁さまのおそばに行くことができたのです。小夏は、契約どおり、烽火さんのものになります。

「烽火さん、小夏の魂を食べたら、幸せになると思います。小夏のなかには幸せしかないので。そのあとは小夏の分も倫仁さまを愛してください。そうすれば二人共、淋しくなくなるから」

小夏はにっこりとほほえんだ。烽火が鼻で嗤う。

「俺が倫仁をだと？　バカを言うな。まあ、いい、そこまで覚悟ができているのなら、ありがたくおまえの魂を頂くぜ。脳天気でバカで幸せな魂がどんな味なのか、とくと楽しむとしよう」

烽火はふっと口元に笑みを浮かべ、手にしていた太刀を狛狐の石像にむけてふりあげた。小夏は覚悟を決め、そっと目を閉じたあと、両手をあわせた。

桜がさらさらと舞いこんでくる。最初から今日で終わりだった。覚悟はできている。倫仁さま、どうかお幸せに。今日までありがとうございました。小夏の魂は烽火さんのなかにいます。だから淋しく思わないで。あなたが淋しくなるのはいやです。小夏は幸せだったから淋しいと思わないで……と心のなかで小夏は祈った。しかしいっこうに烽火が狛狐を壊そうとしない。

不思議に思って目を開けると、烽火はもう一度ふっと不遜《ふそん》に嗤い、そのまま太刀をぐさっと畳に突き刺した。そして小夏を見て、おかしそうに声をあげて嗤った。

「バカか、おまえも倫仁も。どっちも自分の魂を持っていけと言いやがる。どっちも相手を幸せにして欲しいと言いやがる。バカ過ぎる、こんなバカなやつらの魂を食ってたまるか」

「烽火さん……じゃあ……」

「……！」

小夏が驚いて目をみはった次の瞬間、はっと烽火が険しい顔で庭のむこうを見た。大勢の人の気配。廊下からも縁側からも。

「ここにいたのか、化け狐どもめ」

「北小路子爵の命令です、九尾を殺して、そっちは生け捕りにしろ」

土井だった。倫仁が留守になるのをみはからってやってきたらしい。猟銃をもった男たちが現れ、一瞬にして数発の銃弾が烽火の身体を撃ち抜く。肩からも胸からも血を飛び散らし、烽火がぐったりと畳の上に倒れこむ。

「あ……っやめて、彼を殺さないでください、烽火さんっ、烽火さん」

ああ、いけない。死んでしまう。とっさに小夏は烽火の傷口に手を当てた。

「烽火さん、今、傷をふさぐから」

「やめ……いいから……もう……やめ……おまえが……」

「大丈夫です、小夏、最近元気なんです。だから助けられます」

そう言いながらも、さすがに致命的な銃の傷を治すのはかなりの体力が必要だった。少しずつ目眩《めまい》がし、視界が大きく揺れる。

「よかった、傷がふさがってきました。このお腹の傷以外は……致命傷じゃないから……」

ふつうに手当をして……という声を出すのがきつくなってきた。

だめだ、一気に死返玉を使ってしまったから、頭がくらくらとしてくる。そんな小夏の様子を見ていた人間たちの間に、ざわざわとざわめきが広がり始めた。

「そうか、本物の妖狐はこっちだったんだ。あのときも土砂崩れを起こしたな。そのせいで、俺は片腕を失ったんだ」

「俺の兄貴なんて、足がまともに動かなくなったんだぞ。農業ができなくなって、どうしてくれるんだ、この妖怪狐野郎が！」

誰かが銃を小夏に突きつける。土井が止めようとしたが、あの土砂崩れでの恨みがあるのだろう。その銃で土井を殴り、何人もの男たちが小夏に銃をむけた。

「やめろ、なにをしているんだ！」

そのとき、廊下からなかに飛びこんできた人影に、銃を持っていた数人が、銃口を小夏むけたまま反射的に引き金をひいていた。

――！

撃たれる。はっとしてうずくまるように身体をこわばらせた瞬間、弾けるような銃声が響きわたる。今度こそ終わりだと思ったのに小夏の身体を銃が撃ち抜くことはなかった。代わりに頭上に黒い影がかかっていた。

「え……」

御簾が大きく揺れ、入りこんできた突風に部屋に灯されていた蠟燭の火が消える。

顔をあげると、小夏の前に倫仁が立っていた。心臓が凍りつきそうになる。ぽとぽと腹部を押さえていた彼の手の間から真紅の血が流れ落ちていく。

「倫仁さま……まさか……」

獺銃で至近距離から撃たれ、ものすごい衝撃が倫仁を襲ったのだろう。彼はドクドクと腹から血を流したまま、その場に力なく倒れこんでいった。

「いや、いやです、倫仁さま――っ」

小夏はその身体を両手で抱きあげた。

「大丈夫……頭と首……それから脇腹をかすっただけだ」

「大丈夫じゃないです、大丈夫なんかじゃない、小夏を庇って……どうしてこんなこと」

「小夏を喪うほうが……いやだから。淋しいの……いやなんだ」

笑って言う彼の顔がとても淋しそうに見え、小夏の眸から大粒の涙が流れ落ちていく。そのとき、淋しいという気持ち、哀しいという気持ちは味がないのではなく、とても苦いものだと初めて知った。甘くない。おいしくない。胸が痛い。身体が痛い。地獄で身を引き裂かれるような痛みだった。こんな痛み、耐えられない。それなのに倫仁がほほえんでいるのがよけいに小夏には痛かった。きっと小夏を哀しませまいとして、ほほえみかけてくれているのだ。その優しさが胸に痛い。

「愛している、よかった……おまえが無事で」

「倫仁さま……しゃべらないで！　お願いだから……小夏も淋しいのは……いやです」

「俺は大丈夫だ……小夏……その前にあいつに……話がある」

血まみれになりながら、倫仁は烽火のほうに視線をむけた。

「魂が欲しいなら……俺のを持っていけ」

「……倫仁」

「前にも言ったが、小夏ほど綺麗な魂の持ち主を俺は知らない。彼は神だ、だから奪っちゃいけない。彼の魂を奪うな。彼がいなくなったら、この世の光も消える。俺は……そう思うから」

ゴホゴホと倫仁が咳きこむ。首の傷が気道を詰まらせたらしい。このままだと息ができなくなる。

「いけません、倫仁さまっ」

今こそ死返玉を使わなければ。今こそ、最高の力で使わなければ。

「小夏は神じゃありません。倫仁さまがいないと幸せになれない、ただの狐です！」

倫仁さまの傷を小夏にください。そう祈り、手をかざした瞬間、すぅっと小夏は自分の身体が狐にもどるのを感じた。そしてそのとき、ピッ……と音を立てて、そこにある狛狐の石像に大きな亀裂が入るのがわかった。石像が真っ二つに割れていく。

「駄目だ、小夏っ！　もうおまえの寿命が」

「大好きです、どうかお幸せに。小夏はとっても幸せでした。ダムを成功させて……小夏の故郷の自然を守ってください」

そう口にした刹那、真っ二つに割れた狛狐の石像がその場に倒れ、さらに粉々になっていくのがわかった。

その狛狐の石の一番奥から出てきた光る珠。それが同時に砕け散ったと思った次の瞬間、小夏の意識は消えていた。

＊

ここはどこだろう。光のなかでも暗闇でもダムの底でもない。

一体、小夏はどこに消えてしまったのだろう。

「おい、小夏、早く目を覚ませ、小夏」

大きく身体を揺すられ、小夏ははっと目を覚ました。

目を開けると、そこには烽火と、それから稲荷の神さまがいた。それから恐ろしいほど美しい桜並木。どうやら、吉野の森のどこかにいるらしいが、自分がどこにいるのかはっきりとはわからない。

「呪いは解いた。おまえには命を助けられたし、交換てことで」

そう言って話をする烽火の姿に、ちょっとした違和感をおぼえた。なにかが今までの彼と違うと思ったが、よく見れば、人間の格好をしたままなのに彼の耳が形を変え、腰の向こうには黒い九尾の尻尾がくっついていて、何となく力なさげにうなだれていた。

そんな烽火の肩に稲荷の神さまがすっと手をかける。そしてうれしそうにほほえまれた。

「烽火は、この先、おまえの代わりにお使い狐として働いてくれるそうです」

「え……烽火さんが狛狐になるんですか」

「そう、幸せを運ぶお使い狐となります。これまで積んだ悪業をたくさん祓って、修行を積んで、いつか人間になれる日まで。その代わり、小夏、おまえは、十八歳のふつうの人間として生きていきなさい。寿命も人間と同じ分しかありませんし、年相応に老けていきますけどね」

「では……小夏は、おじいさんになるまで生きて、ふつうに死ぬんですか」

「そうですよ。倫仁とともにふつうの人間として、短い人生をまっとうしなさい。それがこれまで、一生懸命、私のお使いを果たしてきたおまえへのお礼、私からの感謝、そしてご褒美です」

稲荷の神さまがそう言ってほほえみ、小夏の身体を抱きしめてくれたとき、すうっと淡い虹色の光のなかに身体が吸いこまれていくのを感じた。あたたかく優しい光のなかに。

気がつけば、さらさらと舞い落ちる桜の木の下に小夏はたたずんでいた。人間の姿をして。


「——倫仁さま、気がつきましたか」

病室の扉を閉め、なかに入ると、倫仁は横たわっていた。小夏の死返玉の力によって一命をとりとめたものの、まだ彼の頭や首、全身に包帯が巻かれていた。

「……無事だったのか。よかった、おまえを喪ったと思って生きた心地がしなかった」

ベッドから身体を起こす倫仁を見つめ、小夏は眸にいっぱいの涙を溜めながら言った。

「はい、九尾の狐の烽火が呪いを解き、稲荷の神さまが小夏をふつうの人間にしてくれました」

「……九尾の狐と稲荷の神だと」

「はい、九尾の狐がこれから神さまのお使い狐として働くことになり、小夏はこれまでずっとお使い狐として働いてきたご褒美とお礼ということで人間にして頂きました。これからは倫仁さまと一緒に人間としての短い人生を送ることになります。おじいさんになるまで生きるそうです」

「……そう……そうなのか。そんな奇跡が……」

救われたような顔をする倫仁の傍らに座り、小夏は涙の混じった目で問いかけた。

「おじいさんになるまで、愛してくれますか？」

少し驚いたような顔をしたあと、倫仁は微笑し、小夏の涙を指で拭った。

「そのときは俺もじいさんだ。小夏こそ、それでも愛してくれるか？　俺は神でも何でもない、ただの男だ。子爵家も捨てるつもりだ、苦労するかもしれない、それでもいいか？」

もちろんです、と小夏はほほえみ、半身を起こした倫仁の胸に手を当てて、その唇に自分からくちづけした。

ああ、本当の人間になっても倫仁の唇はとても甘く、その口内は蜜菓子のように優しい甘さでとろとろしているのだということを実感した。

そうして唇を離すと、小夏は彼の顔を見て祈るような気持ちで言った。

「あのときの……お礼が言いたくて人間になったんです……小夏は」

「あのとき？」

「あなたが川から助けてくれました、三年前に」

「ああ、あのときの？」

「あのときからずっとあなたに恋して……あなたを好きになってすべてが始まりました」

小夏は校章のバッジを倫仁に差しだした。本物の人間になり、桜の木の下にたたずんでいたとき、なぜか小夏はこのバッジをにぎりしめていたのだ。ずっと宝物にしてきた大切なもの。

「こんなものを後生大事に持っていたなんて……バカだな……小夏は」

「小夏にはこれだけが倫仁さまとつながるものだったんです。このバッジと一緒にいられたら幸せだと思っていました。それなのに……今は本物の倫仁さまと一緒なんて夢のようです……」

「じゃあ、ずっと一緒にいてくれるんだな」

「はい。倫仁さまがお望みなら」

小夏は涙に濡れた顔でほほえんだ。

「ずっとそばにいてくれ。もう俺は淋しい想いはしたくない。ひとりぼっちになりたくない。小夏に毎日大好きと言われ続け、小夏にいっぱい気持ちいいことをして、どうしようもないほどくっついて、いやってほどロシアケーキを食べさせ、食べきれないほどのお結びを作って、そうして海を見て、また二人で桜を眺めたい」

狂おしげに言われ、身体の奥に果てしないほど優しくて幸せな気持ちが広がっていくのを感じた。

「小夏もです。今の言葉、そのままかえします。ずっとずっとそばにいてください。ひとりぼっちはいやです。淋しいのはおいしくなくて嫌いです。ずっとずっと大好き大好きって言い続けたいし、言うたびにうれしそうにする倫仁さまの顔が見たいです」

「俺だってそうだ、おまえに好きだ好きだと言いたい。言うたびに、おまえの顔がふわふわとした甘くて優しい空気を漂わせるようになるのが好きだ。おいしいものを食べて、ぷっくりとふくらむおまえの顔が見たい。そのほっぺに一日中くちづけしたい」

「してください。あと小夏は、また倫仁さまにお耳を噛んで欲しいです。尻尾もいっぱい触って欲しいです。それからそれから……」

「待て、小夏……人間になったのに、耳と尻尾がまた出てくるのか」

「あ……それは……」

「どうなんだ」

「わからないです、どうなのかわかりません……あの……だから、早く試したいです、気持ちがいいと尻尾が出て震えるのか、それから、感じると、耳がぴくぴくしちゃうのか、しちゃわないのか」

「俺も知りたい」

「じゃあ、早く良くなってください。そして早く小夏をかわいがってください」

言いながら、小夏は倫仁に唇を近づけていった。唇が重なりあい、浄福感に満たされていく。

ああ、さっきよりも彼の唇が甘くなったように感じる。だから早く知りたい。また気持ちよくなって耳が形を変えるのか、またあそこを噛まれたら気持ちよくなるのか。

＊

数カ月後――。

「――倫仁さま、倫仁さま、着きましたよ。すごく綺麗です、浄土にいるみたいです」

海の匂いがすると思った次の瞬間、小夏のうれしそうな声が耳に触れ、自動車の後部座席でうたた寝していた倫仁はうっすら目を開けた。

外には吉野の病院から見る風景とはまるで違う色彩と光にあふれた世界が広がっている。退院するや否や東京に戻り、急いで溜まっていた仕事をこなして帰郷した倫仁は、療養を名目に、ここ――紀州に新しくできた、海の見えるホテルで小夏としばらく過ごすことにしていた。

あの事件のあと、土井や反対派の一派は一斉に逮捕された。神罰を恐れているのか誰も小夏や大友が狐だったことは口にしなかった。言ったとしても今となっては信じるものはいないだろうけれど。

ダム工事の建設計画を変えたことで父の逆鱗《げきりん》に触れてしまったが、これまでの父の強引さに反発していた有力な華族や実業家たちの支持を受け、さらには正妻の後押しや残りの親族の賛同もあり、いつしか倫仁が子爵家の実質的な支配者となり変わりつつあった。

(子爵家を捨ててもいいと思ったのに……こんなことになるとは)

その話をすると小夏は『それが稲荷の神さまのご利益なんですよ』と澄んだ笑顔で言った。

『自然や神を敬い、大切にする倫仁さまの心が福を呼ぶんです。綺麗な泉には綺麗な水、透明な空気のところには美しい緑の木々、豊かな土のところにはたくさんの花、みんな同じですよ』

小夏は当然のように言った。そういうものなのかどうかわからないが、だとしたら、それは小夏のおかげだと思う。彼が神の使いとして、自分に福を運んでくれているのだと。

反対に母や八重をないがしろにし、欲のままに生きてきた父は神罰を怖れるあまり暴走し、隠居を余儀なくされてしまった。何という因果応報だろう。だが、人生とはそういうものなのだ。

「倫仁さま、お部屋から見ると、もっともっとすごいですよ。海がきらきらと光っています」

部屋まで行くと、窓辺に立ち、燃えるような夕陽が水平線まで続く海原を焔の色に染め、小夏がうっとりとした表情でそれを眺めていた。透明な金色の光に横顔を晒された彼の肩に手をかけ、倫仁はそのこめかみにくちづけをした。いつも思う。どんな世界よりも、なによりも綺麗なのは小夏だ。浄土にいるように感じるのは小夏といるときだ。そんな思いを噛み締めながらじっと見ていると、なにか勘違いしたのか、小夏が心配そうに問いかけてきた。

「疲れましたか？　退院したばかりなのに東京と往復して。さあ、休んでください」

小夏は寝台の前に行き、寝間着をとって、倫仁に着るようにとうながした。

「必要ない。やっと小夏を抱いて眠れるのに、もったいないだろ、寝間着なんて着たら」

シャツを脱ぎ、ズボンを脱ぎ捨てて寝台に近寄ると、倫仁は小夏の肩に手をかけた。ふりむきかけた彼の袴のひもを解く。すとんと床に袴が落ちたかと思うと、倫仁は彼を寝台に押し倒した。

「退院して一段落したら一番に確かめるって約束だろ。今日までどれだけ我慢してきたと思うんだ」

性急すぎる倫仁に驚いたのか、小夏が「あ……あの……」ととまどうすきに、その着物のあわせをひらき、梨の花のように白く瑞々しい小夏の首筋に顔をうずめた。

心地よいなめらかな肌。小夏はいつも倫仁とのくちづけは蜜菓子のように甘いと言うが、蜜菓子のように甘いのは小夏の皮膚だ。どこに触れてもやわらかく唇や指に溶け、しっとりと吸いついてくる。強く吸ったり、舐めたりしているうちに、小さな桜の実のようだった小夏の乳首がグミのようにぷっくりと膨らむ。彼にのしかかっている倫仁の内腿には、小夏の性器が少しずつ変化している様子と、そこからにじみ出ている蜜の存在が伝わってくる。

「ん……んふっ……あ……ああっ、そこ……気持ちいい……」

ぐりぐりと乳首を舌先で弄っているうちに、小夏の吐息が熱を帯びてくる。

変化するだろうか。それとも人間になったらもう変化はないのだろうか。倫仁は確かめるように彼の性器に手を伸ばし、そこから流れ落ちるとろとろの蜜を指に絡めながら、感じやすい場所を執拗《しつよう》に嬲っていった。そのたび、甘い声をあげ、身悶える小夏。以前は感じると耳と尻尾の変化があったが、さすがに人間になってしまった彼からは、そんな兆しは感じられなかった。

「あの……ごめんなさい……耳と尻尾がなくなって……やっぱり倫仁さま、残念ですか？」

「いや、これでいい、よかったんだ。小夏は人間だから。俺と同じになっただけだ。尻尾や狐の耳なんておかしいだろ。人間の耳でも同じくらい感じさせてやるから」

囁きながら、ふっくらとした愛らしい耳朶に歯を立てる。

本当は少し残念だった。感じるとぴくぴくと耳が震えるのも、絶頂を迎えると尻尾がたまらなさげに揺れるのも、その場で食べてしまいたくなるほどかわいかったのだから。けれどなくなったからといって、愛しさが変わるものでもない。それ以上に小夏が気持ちよくなることをさがしていけばいいと思いながら、ゆるゆると耳殻を舌で嬲り、耳朶にやわらかな甘噛みを加えたそのときだった。

「え……っ」

倫仁ははっとして小夏から離れた。

目を凝らして見下ろすと、小夏の耳が狐の形に変化していた。それに見れば、彼の腰のむこうから、見覚えのあるふわふわとした尻尾。

「小夏……おまえ……耳と尻尾が」

「どうしよう……小夏……ずっと祈ってたんです。お耳と尻尾があったほうが、たくさん小夏が気持ちよくなって、倫仁さまが喜ぶと思ったから。でも倫仁さま、今、ふつうのほうがいいって。どうしよう、小夏が祈ったからこんなことになって。せっかく倫仁さまと同じになれたのに」

真剣に困っている様子の小夏のいじらしさに胸が熱くなった。本当は、こうしているときだけ耳と尻尾があってくれたほうが倫仁もうれしかった。

「本当だ、悪い子だ、そんなことを祈ったりして。やっと人間になったのに、淫らなことをして気持ちよくなりたいからって……こんな尻尾や耳を出してしまって……本当に小夏は悪い子だ」

少しばかり意地悪なことを言うと、しゅんとその耳と尻尾が垂れるのがあまりに愛らしく、倫仁は彼の腰に腕をまわして、その足の間の部分に一気に自分のものを埋めこんでしまった。

「あ……ああ……ああっ……ごめんなさい……小夏……お耳噛まれるの……好きだから……」

駄目だ。かわいすぎて、そんなことを言われると、とことん耳をかわいがりたくなるし、尻尾をいっぱい弄って、乳首も性器も後ろも、どうしようもないほど気持ちよくさせて、もっともっとかわいい顔をさせ、もっと彼から気持ちいいという言葉を吐きださせてしまいたくなる。

「ウソだよ、どんな小夏でも小夏に変わりないだろ。耳があってもなくても……それこそ狐のままでも、いや、狛狐のままでも、小夏の魂が俺のすべてだから」

笑顔で言うと、これ以上ないほど顔をくしゃくしゃにして小夏が涙をあふれさせる。耳をぴくぴく震わせ、尻尾を大きく左右に揺らして。あまりに愛らしくて、またその耳を甘噛みしたくなる。

本当は、この先、外遊に行く話やこれからのことを相談したかったのに……駄目だ、止められそうにない。俺こそ悪いやつだと思いながらも、今夜は、このまま突っ走るつもりだった。誰よりも愛らしい世界で一番愛しい存在。元お使い狐、そして福の神への愛しさのままに。

あとがき

こんにちは。お手にとって頂き、ありがとうございます。こんな帯なのにエロ中心じゃなくてどうしよう…と焦りながらあとがきを書いております。

一応、今回の目標は和風お伽噺でした。主役は、一見アホの子そうな無垢で一生懸命で素直な小夏《こなつ》と、華族の変わり者の屈折気味坊ちゃん。どちらも書きやすいタイプですが、特に小夏ほど書くのが楽しいキャラはありませんでした。壊れた攻とかも書きやすいんですが、ある意味、小夏もぶれていないというか、振り切れたキャラだからかもしれませんね。

サマミヤアカザ先生、小夏、子狐・ケモ耳・前垂れ石像…と、かわいいのがいっぱいで萌え萌えしています。倫仁《みちひと》もいい感じに屈折してそうなかっこよさがとてもうれしくて幸せです。本当にありがとうございます。

原稿が遅くなり、担当様、関係者の皆様、本当に申しわけありませんでした。励ましと支え、本当にありがとうございます。

お耳かじかじエロと、好きな人のために一生懸命にがんばっている小夏の一途さ、ちょっとずれているところ等も含め、楽しんで頂けたらうれしいです。よかったら、感想お聞かせくださいね。

CROSS NOVELSをお買い上げいただき
ありがとうございます。
この本を読んだご意見・ご感想をお寄せください。
〒110-8625
東京都台東区東上野2-8-7　笠倉出版社
CROSS NOVELS 編集部
「華藤えれな先生」係／「サマミヤアカザ先生」係

CROSS NOVELS

ぴくぴくお使い狐、幸せになります

著者
華藤えれな

2015年7月23日　初版発行　検印廃止

発行者　笠倉伸夫
発行所　株式会社　笠倉出版社
〒110-8625　東京都台東区東上野2-8-7　笠倉ビル
[営業]TEL　0120-984-164
FAX　03-4355-1109
[編集]TEL　03-4355-1103
FAX　03-5846-3493
http://www.kasakura.co.jp/
振替口座　00130-9-75686
印刷　株式会社　光邦
装丁　磯部亜希
ISBN　978-4-7730-8792-5
Printed in Japan